JN223840

火を継ぐもの

回想の歌人たち

碓田のぼる
Usuda Noboru

光陽出版社

火を継ぐもの——回想の歌人たち

目次

Ⅰ　一筋に生きる

1　赤木健介と芥川龍之介、そしてレーニン　7
2　佐々木妙二と小林多喜二　35
3　岩間正男論—炎群の歌人の生涯　71
4　八坂スミ論—高齢、生きることの重みを歌う　101
5　革新的弁護士・歌人　矢代東村　135
6　回想の山原健二郎　159

Ⅱ　短歌の革新—源流をさぐる

1　初心の旗と展望—『人民短歌』以前と以後をからませて　177
2　あらたな飛躍のために—創立七〇周年に思うこと　201
3　インタビュー『渡辺順三研究』をめぐって　215

インタビュア　新日本歌人協会事務局長・小石雅夫

Ⅲ　追悼譜

1　花が咲く春前にして渡辺順三さんをおくる　265
2　追悼　八坂スミさんの業績　270
3　火群の道一筋に　岩間正男さんをしのぶ　275
4　赤木健介さんを悼む　280
5　佐々木妙二の死を悼む　285
6　文人・山原健二郎さん――剛直であり、繊細な感覚もった人　292

あとがき　299

I

一筋に生きる

1　赤木健介と芥川龍之介、そしてレーニン

はじめに

赤木健介は、本名赤羽寿、歴史家としての筆名は伊豆公夫。新日本歌人協会の歴史にとって、渡辺順三、佐々木妙二とともに、忘れ得ぬ三人の一人である。

赤木健介は、一九〇七（明治四十）年三月二日、青森県に生まれ、一九八九年十一月七日、八十二歳で亡くなった。二〇一七年は、生誕百十年の年であった。

若き日の赤木健介は、歴史、哲学、芸術、音楽の諸分野や、詩・短歌などの広範な諸領域にまたがって、著作や論文を次つぎと発表した。その博覧強記と多才ぶりは、当時の人びとを驚かせた。「百科全書派（アンシクロペディスト）」とか、「日本のレオナルド」などといわれたのは、この若い時代である。本稿は、その若き日の一コマを伝えようとする試みである。

（1）

もう三十年ほども前、私は雑誌『新日本歌人』（一九八一年九月号）に、「茂吉小感」という三頁ほどの短いエッセイを書いたことがある。これは、何かの折りに、芥川龍之介の「文芸的な、余りに文芸的な」（一九二七年）の中の「八・詩歌」の項を読んで、次のような一節に出合って関心を抱いたことが原因であった。それは、次のようなところであった。

斎藤茂吉氏は『赤光』の中に「死に給ふ母」、「おひろ」等の連作を発表した。のみならず又十何年か前に石川啄木の残して行った仕事を――或いは所謂『生活派』の歌を今もなお着々と完成している。

芥川龍之介は、斎藤茂吉を高く評価していた。「文芸的な、余りに文芸的な」を書く三年ほど前に書いた「僻見」（一九二四年）の第一項に掲げた「斎藤茂吉」の中で、歌集『あらたま』の中の、「あが母の吾を生ましけむうらわかきかなしき力おもはざらめや」を引きながら、「菲才なる僕も時々は僕を生んだ母の力を、――近代の日本の『うらわかきかなしき力』を感じている。僕の歌人たる斎藤茂吉に芸術上の導者を発見したのは少しも僕自身には偶然ではない」と述べている一節などは、芥川龍之介の茂吉に対する思い入れの深さを示しているといえる。

ところで、私が関心というより、違和感をもったのは、茂吉が、石川啄木の後継者のように「生活派」の歌を「今も着々と完成している」と芥川龍之介が書いている部分であり、その意味を読みとこうとして、思いつきを書いたものが、さきの私の「茂吉小感」であった。

私の一文を読んだ赤木健介が、すぐに次のような手紙をくれた（一九八一年九月二十六日付け）。少し長いが、本稿全体にもかかわるので、次に紹介しておきたい。

九月号貴論「茂吉小感」拝見。芥川の茂吉論に触れてあるので、特に興味をおぼえました。①ほかに書いたこともあるが、大正14年3月私は姫高生（旧制姫路高校・引用者）だったが、その前に②芥川から手紙をもらい（〝③世界人〟という個人誌に彼を批判したので）、それを縁故として彼を訪問しました。そのとき芥川が、今から茂吉が来るんだが会ってゆかないかと言われ、彼の歌を数首朗吟したのに驚きました。そのとき会ってよかったのだが、④それほど重要なことも思われなかったので遠慮して帰りました。もし会っていたら、自分にとって一つの重要なポイントになっていたかも知れません。芥川の思想についてはいろ〳〵問題もあるが、彼の茂吉評価はその進歩性への理解があったものと考えます。⑤芥川全集には、ぼくに宛てたインテリゲンチャの苦悩の問題を扱った手紙が入っています。（水野明善が大分前の『赤旗』で引用していました。）（傍線・引用者）。

私宛てのこの赤木健介書簡には、いくつか説明を要する傍線部分がある。この部分を解明する一つの資料として、赤木健介が戦前に刊行した著書『批評精神』(白揚社・一九三八年四月二十五日刊)がある。この本の最後に収められた「文学的年譜」は、文学的分野での活動の筆名である赤木健介と訣別し、歴史学の方向にふみ入ろうとするまでが書かれているので、これを参考にしながら、前掲赤木書簡の傍線部分を検討してみたい。

①は、『批評精神』をさしていよう。

②と③は、時系列的には前後するので、③から先に考えたいと思う。

赤木健介は、高岡中学時代の級友高峯一愚の回想によれば、中学上級生の時代から「盛んに謄写版ずりの個人雑誌」を出していたという(『赤木健介追悼集』一九九三年四月一日)。その自然な延長のように、一九二四年(大正十三年・十七歳)、旧制の姫路高校に入学してしばらくすると、やはり謄写版ずりの『世界人』と表題した個人誌を発行しはじめた。十六頁位で、五十部ほど印刷したようである。その第三号には、赤木健介が文壇にのり出すきっかけともなった処女評論「新象徴主義の基調について」をのせて、大正十四年一月に発行された。赤木健介はこの個人誌の『世界人』を、川端康成、芥川龍之介をはじめ、当時、文壇で注目され、活躍していた若い評論家、作家などに送ったようである。「新象徴主義」というネーミングは、当時起こっていた「新感覚派」の文学をも包含する新たな文芸思潮として、文壇に向かって提起するといった内容のものである。この時、赤木健介はかぞえ十八歳であった。その早熟さと、野心とは、呆れるほかはない。やや先まわりしていえば、この「新象徴主義」の提言は、ほとんど拡がらず、のちになってこの時代をまとめる文学集などでは、赤木健介の評論は、「新感覚派」の中に収められてしまっているのは皮肉である。

赤木健介『批評精神』（白揚社・1938年4月）

③では、この「新象徴主義の基調について」で、芥川龍之介を「批判した」としているが、この

評論では、そうした「批判」は見当たらない。「文学的年譜」では、「此の号の他の個所で、氏の小説『馬の脚』を罵倒している」（三三六頁）といっているが、残念ながら、『世界人』の現物を見ていないので、何ともいえない。芥川龍之介が関心をもったとすれば、評論「新象徴主義の基調について」などではなく、赤木健介のいう「此の号の他の個所」での『馬の脚』への「罵倒」に関してであったにちがいない。以上が③に関することである。

芥川龍之介の作品『馬の脚』は、おそらく『世界人』を書く直前ぐらいに出たであろう『新潮』（大正十四年一月一日発行・第四二巻一号）に掲載されたものである。この作品の舞台は北京。主人公は、ある時、脳溢血のために急死してしまう。主人公自身は「死んだとも思っていない」ところから話が展開する。見たことのない事務室で、腐ってしまった両脚に、死んだばかりの馬の脚をつけかえられて「復活」してくる。主人公は、馬の脚を、妻にも同僚にも気付かれないように、苦心惨澹する。死んだ馬は、もともと蒙古産の馬だったため、蒙古の砂埃（すなほこ）りである「黄塵」の烈しい日、馬の脚は故郷の空気を感じて興奮し、躍ったり跳ねたりしたため、「復活」した主人公は遂に行方不明となる。みんなは、「発狂」したと考える。半年ばかりたった秋の夜、主人公はうらぶれた姿で、妻のもとに帰ってくる。一瞬、誰かわからない。ようやく妻は夫であることに気付き、「あなた！」と呼んでその胸に飛込もうとした時、薄明かりの中に、栗毛の馬の脚を見てしまう。それでも夫に縋（すが）ろうとすると、「戞々（かつかつ）と蹄の鳴る音」を残して夫は去っていってしまった、という話である。

この小説は、発表誌の冒頭に、芥川龍之介は「『馬の脚』は小説ではない。『大人に読ませるお伽噺』である」と前置きしているという。

前述したように、『世界人』がないので、赤木健介がこの作品をどう「罵倒」したのかわからないが、私には興味がある。「芥川ともあろうものが、こんな馬鹿げた話を」とでも書いたのであろうか。芥川龍之介は、作者の真意をはかることも出来ずに、一途に潔癖さのみで罵ってくる気負いに、かえって若い、清潔さを感じて、赤木健介宛てにハガキを出したのかも知れない――。いまはただ、そう想像するのみである。

（2）

或る日学校から下宿へ帰ると二通の封書が待つてゐた。一通は川端康成からで、氏等が創刊した『文芸時代』という雑誌に、此の論文を再掲させてくれぬかといふ、夢のやうな激励の言葉であつた。もう一つは芥川龍之介からで、唐紙に達筆で、自分達の若い頃を思い出す、もつともつと勉強して自分達を追ひ越し給へといふやうなことが書いてあつた。（『批評精神』所収「文学的年譜」）

これが②に関わるところである。ところで、『世界人』を読んだ芥川龍之介が、赤木健介に送った書簡は『芥川龍之介全集』（筑摩書房版）所収の書簡一四一七通の中には含まれていない。また岩波書店版の『芥川龍之介全集』（全二十四巻・二〇〇七年～〇八年）には、一八一三通の書簡が収録されているようなので、もしかすると、そこにあるかも知れないが、未見である。

『文芸時代』三月号（大正十四年）に、赤木健介の「新象徴主義の基調について」が再掲された。同号の「編輯室から」には、「赤木健介氏の評論は近時稀に見るの好文学だと思ふ。充分に玩味されたい」と川端康成の筆と思われる推選の辞がのっている。

赤木健介は、『文芸時代』への掲載原稿料をあてにして、春の学校休暇の時に上京した。この時、芥川龍之介を訪ねたのである。「芥川は親切に迎へてくれた……辞して帰ろうとすると今茂吉がくるから会っていかないか」と言われたが、「遠慮して帰った」（「文学的年譜」）というこの部分が③にかかわるところである。

「赤木健介略年譜」（上原章三編『新日本歌人』一九九〇年十一月号）によれば、姫路高校入学後、『アララギ』に半年ほど投稿していたというから、芥川龍之介を訪ねた頃は、投稿をやめたあとくらいで、鼻っぱしの強い青年期に入ったばかりの赤木健介にとっても茂吉は、眩しすぎて「遠慮」するほどだったことがわかる。しかし④では、「それほど重要なこととも思わなかった」ので帰ったというのは、素直なその時の実感ではなく、長い歳月を隔てた赤木健介の茂吉観が混在しているように思う。

赤木健介が、芥川健之介を訪ねたのは、一九二五（大正十四）年三月下旬と想定されるぐらいで、それ以上のことはわからない。ただ斎藤茂吉の書簡集には、大正十四年四月五日付けの芥川宛てのものがあって、次のように記述されている（『斎藤茂吉全集』第33巻・岩波書店）。

謹啓先日は参堂いろいろ御話承りそれから上等の料理御馳走に預り實に忝く御禮申上候久々にて御めにかゝり候ゆゑ種々申上げたき事あるやうにてつひ申上げずにしまひ候事も有之、そのうち又々御邪魔に参堂仕りたく存じ奉り候御體お加減わるき處夜分もおそく相成り失禮申上候（後略）。

斎藤茂吉の、芥川龍之介への礼状にある「先日」はいつなのかはわからない。ただ、赤木健介が、芥川龍之介のすすめに、素直に従っていれば、茂吉に会えたばかりでなく、「上等の料理」もご馳走になれたことは間違いないであろう。芥川龍之介は、茂吉の書簡にもあるような健康状態であったので、茂吉の礼状を受取ったすぐあとの、四月十日から五月六日まで、修善寺温泉に保養に出かけている。一方、東京から帰った赤木健介も、芥川龍之介に、おそらくは長々とした礼状を書いたと思われる。その礼状は、次に掲げる芥川龍之介の書簡から察するに、封書で、住所は書かず、本名の赤羽寿で出したものと思われる。これに対する芥川龍之介の返事が、『芥川竜之介書簡集』（石割透編・岩波文庫・二〇〇九年十月十六日）に、書簡番号一五四として、本名の赤羽寿ではなく、一般に知られている赤木健介名で収録されている。この書簡は、四百字詰めで三枚近くのかなり長いものである。以下に芥川龍之介の赤羽寿宛書簡の主要な部分をやや長いが引くことにする。

（3）

啓、昨日修善寺より帰京。今朝この手紙を書きます。但し、君の宿所がわからぬ故（君の手紙には書いてなかった）学校宛にして出すことにします。君のように感激したり苦しんだりしたものは古来何千万人もあったのです。しかもその中から逞しい魂の持ち主になったものは一パアセントにも足りなかったのです。これは残酷な事実ですが、兎に角事実には違いありません。この事実を目前に据えて、君自身の実力をお鍛えなさい。「我笛吹けども汝等踊らず」。笛を吹いてさえ踊らない彼等は笛も何も聞かないのに踊る筈はありません。それを彼等に期待するのは期待する方が間違っています。何を措いてもあなた自身笛の吹けるようにおなりなさい。その後でなければ「汝等踊らず」の歌を放つ資格は出来ないのです。君はマテリアリストでしょう。それならば一層勇敢にこの残酷な事実をお認めなさい。カラマゾフを読んだのは甚だよろしい。小生もカラマゾフをドストエフスキイの作中の第一位に数えています。その外のドストエフスキイの作品も暇があったら読んでごらんなさい。

それから小生はせっかちな革命家には同情しません。（あなたは若いから仕かたがないが）ブルジョアジイは倒れるでしょう。ブルジョアジイに取ってかわったプロレタリア独裁も倒れるでしょう。その後にマルクスの夢みていた無国家の時代も現れるでしょう。しかしその前途は遼遠です。何万人かの人間さえ殺せば直ちに天国になると言う訳には行きません。あなたはコンミュニズムの信徒でしょう。それならば過去数年来、ソヴィエット・ロシアが採って来た資本主義的政策を知っている筈です。又資本主義的政策を採ることを必要としたロシアの、——少くともレニンの衷情を知っている筈です。我々は皆根気よく歩きつづけなければなりません。あせったり、騒いだり、ヒステリイを起したりするのは畢境唯御当人の芝居気を満足させるだけです。（後略）

芥川龍之介の手紙は、まだこのあと五百字ほど続いて終わるのである。この時、芥川龍之介は三十三歳、赤木健介は十八歳であった。芥川龍之介の文章には、ちょうど肉親に対するように、気どりのないやさしさに満ちている。これは、まぎれもなく芥川龍之介の肉声として聞こえる。長い間の友人であった法学者の恒藤恭（つねとうきょう）は、「友人芥川追憶」の中で、「彼の精神のはたらきの鋭さは、多くの場合に、彼のうちに潜む処女のごとくやさしい心づかいと、はげしい情熱とを、他人の眼から全然隠し去った」（石割透編『芥川追想』岩波文庫・一四五頁）と述べている一節があるが、十五歳も年下の赤木健介への芥川龍之介のこの手紙には、「彼のうちに潜む処女のごとくやさしい心づかいと、はげしい情熱」を、全然、隠そうともしていなかった様子が読みとれる。

前掲傍線⑤の部分が芥川龍之介のこの手紙を指すのであるとすれば、少し私には見当違いのように思われる。その後の赤木健介の拡大解釈ではないだろうか。

芥川龍之介の書簡の中で、私が強い関心をもつのは、「過去数年来、ソヴィエット・ロシアが採って来た資本主義的政策を知っている筈です。又資本主義的政策を採ることを必要としたロシアの、——少くともレニンの衷情を知っている筈です」といっている部分である。「レニンの衷情」とは、深みのある言葉で、レーニンの内部世界の表現である。

レーニンは、芥川龍之介のこの書簡の一年三ヵ月前、一九二四（大正十三）年一月二十一日に世を去っている。

芥川龍之介がいう、「資本主義的政策」とは、レーニンが最晩年に、資本主義世界の包囲の中で、社会主義体制の存在を世界に認知させた「新しい情勢」のもとで、

「『新経済政策』と呼ばれる、社会主義建設の路線の大転換」をしたことをさすもので、「この転換の核心は、十月革命以来の『市場経済』敵視路線を捨て、市場経済のもとでの社会主義建設の路線に、経済建設の軌道を根本的に転換させた」（不破哲三著『レーニンと「資本論」』第七巻・五頁）ものであった。前掲書には、「科学的社会主義の理論と実践にとって、未知の新しい領域を開くものと」なったと、レーニンのこの「大転換」に至る情勢と理論、スターリンの大国主義との闘争などが、詳細をきわめて論考されており、関心をもつ方は、ぜひ『レーニンと「資本論」』第七巻をお読みいただきたい。

（4）

赤木健介への芥川龍之介の手紙のさきの部分は、レーニンの「衷情」をさえ想像しうるほどに、社会主義について、深い関心と知識を抱いていたことをうかがわせるものである。

「かつて芥川龍之介は、厭世家で腺病質の芸術至上主義と規定され、社会的関心の低いブルジョア作家のレッテルが貼られていて、その超克がしきりに論じられ」（関口安義『芥川龍之介の歴史認識』新日本出版社・二〇〇四年十月二十日）てきた。しかし、作品についての新しい読みや、伝記研究の発展、「近年の大量の新資料の出現は、社会的関心が高く、人生にきわめて誠実であった芥川龍之介を照らし出」したことを、前掲書は強調している。

同じ著者による『芥川龍之介―闘いの生涯』（毎日新聞社・一九九二年七月十日）は、すでに先行的に、その内容を具体的に展開したものであった。赤木健介への芥川龍之介の書簡にかかわったことでいえば、同書に次のような一節があって私は注目した。

> 龍之介の一高時代の親友恒藤（井川）恭によると、大正七（一九一八）年ころ「社会思想について知りたいから手ごろの本を貸して欲しい」（『旧友芥川龍之介』朝日新聞社、昭和24・8・10）という龍之介の依頼があり、幾冊か貸したと

いう。震災の翌年夏、彼は避暑と仕事を兼ねて軽井沢に行き、一か月ほど滞在するが、その際社会主義の文献をかなり読んでいる。（『芥川龍之介―闘いの生涯』一六七頁）

ここでいう「大正七（一九一八）年ころ」とは、前年にロシアの十月革命が起こり、翌年にはドイツ革命が起こるなど、ヨーロッパは激動しており、日本はロシア革命に干渉するためにシベリア出兵を行った。また米騒動が起こり、「一道三府三二県、参加者一千万以上の大運動に拡大」（『日本社会運動史年表』大月書店・一九五六年九月一日）したのであった。また、前記引用文の「震災の翌年夏」とは、一九二四（大正十三）年の夏をさし、レーニンの死んだ（一九二四年一月二十一日）数ヵ月後の夏ということになる。

こうして見てくると、芥川龍之介の社会主義への関心は、レーニンの死を含めた激動する時代と深くかかわって引き起こされていることを知ることが出来るし、若き赤木健介に向かって、「レニンの衷情」といった芥川龍之介の心の動きは、浅からぬものがあったことをリアルに感じとることが出来るのである。
芥川龍之介が「社会主義の文献をかなり読ん」だという軽井沢の夏の翌年三月下旬、旧制姫路高校生、十八歳の赤木健介は、芥川龍之介を田端に訪ねたのであった。そして一ヵ月余あとに、芥川書簡が書かれることになっていくわけである。

(5)

『芥川龍之介全集』の第九巻（岩波書店・一九七八年四月二十日）に、「遺稿」の詩編「僕の瑞威から」がある。その中に、「レニン第一」「レニン第二」「レニン第三」と「手」が含まれている。まず「レニン第三」を引く。

レニン第三

誰よりも十戒を守つた君は
誰よりも十戒を破つた君だ。

誰よりも民衆を愛した君は
誰よりも民衆を軽蔑した君だ。

誰よりも理想に燃え上つた君は
誰よりも現実を知つてゐた君だ。

君は僕等の東洋が生んだ
草花の匂のする電気機関車だ。

「レニン第三」のこの詩の部分は、五十一の断章を綴った『或阿呆の一生』にも登場している。『或阿呆の一生』は、一九二七（昭和二）年六月二十日付けをもつ久米正雄宛ての遺稿である。三人称の主人公「彼」を軸とした、芥川龍之介の自伝的小説である。最初の「時代」と表題された断章「一」には、有名な「人生は一行のボオドレエルにも若かない。」というフレーズがある。断章「三十三」は「英雄」と表題されているが、文章の中に「レニン」の名前はなく、四連からなる前掲の詩は、次のような文章のあとに置かれているのである。

彼はヴォルテエルの家の窓からいつか高い山を見上げてゐた。氷河の懸(かか)つた山の上には禿鷹(はげたか)の影さへ見えなかつた。が、背の低い露西亜人が一人、執拗に山道を登りつゞけてゐた。ヴォルテエルの家も夜になつた後、彼は明るいランプの下にかう云ふ傾向詩を書いたりした。あの山道を登つて行つた、露西亜人の姿を思ひ出しながら。……（『全集』第九巻。三二六頁～三二七頁）

この「背の低い露西亜人が一人、執拗に山道を登りつゞけてゐた」のは、レーニンのイメージであろう。「僕の端威(すういつつる)から」の中の「レニン」の詩を読めば、いよいよ、はっきりとする。「レニン第一」と「レニン第二」を引く

レニン第一

君は僕等東洋人の一人だ。
君は僕等日本人の一人だ。
君は源の頼朝の息子だ。
君は――君は僕の中にもゐるのだ。

レニン第二

君は恐らくは知らずにゐるだらう、
君がミイラになつたことを?

しかし君は知つてゐるだらう、
誰も超人は君のやうにミイラにならなければならぬことを？
（僕等の仲間の天才さへエヂプトの王の屍骸のやうに美しいミイラに変つてゐる。）

君は恐らくあきらめたであらう、
兎に角あらゆるミイラの中でも正直なミイラになつたことを？
　註レニンの死体はミイラとなれり。

こうして、「レニン第一」から「レニン第三」までを読んでみると、「レニン第三」が一番すぐれているように思う。「レニン第三」の詩の第一連の二行は、言葉は宗教的に装われているが、前述したレーニンの「新経済政策」への大転換を思えば、この二行の意味は明らかだと私には思われる。「レニン」の詩の中の「東洋人」や「源の頼朝」は、わかりにくさをもつが、この詩「レニン」の絵解きのような文章を芥川龍之介は残している。それは、「露譯短篇集の序」という一文である。一九二七（昭和二）年三月に、ロシア語訳の短編集『芥川龍之介』が出版された時、そこによせた自序である。この文章は、「わたしの作品がロシア語に飜譯されると云ふことは勿論甚だ愉快です。」と書き出された千字弱の短いものであるが、芥川詩「レニン第一」「レニン第二」「レニン第三」を理解するには欠かせないと思うので、主要な部分を引用したいと思う。

日本の古典を知らない青年さへトルストイやドストエフスキイやトゥルゲネフやチェホフの作品を知つてゐるのです。我々日本人がロシアに親しいことはこれだけでも明らかになることでせう。のみならずわたし自身の考へによれば、ロシアが生んだ近代の政治的天才、レニンのことを考へても、所謂 Europe がレニンを理解しなかつたのは余りにレニンが東洋的な政治的天才だつた為かも知れません。最も理想に燃え上つたと共に最も現実を知つてゐたレニンは日本が生んだ政治的天才たち、源頼朝や徳川家康に可なり近い天才です。言はば東洋の草花の馨(かを)りに満ちた、大きい一台の電気機関車です。(『芥川龍之介全集』第九巻・三七三頁。岩波書店・一九七八年四月二十四日)

(6)

若き日の赤木健介が芥川龍之介と出会う奇縁となった評論「象徴主義の基調について」以後『文芸時代』に発表した評論を、参考のためにあげておきたい。『文芸時代』への寄稿の終わりは、社会運動に参加していく歴史家伊豆公夫の初動の時期となっている。芥川龍之介との思想上の別れの時期ともいえよう。

『文芸時代』第二巻(大正十四年)

五月号「胎動期に於ける破壊的批評─既成作家群に与ふる公開状─」

六月号「新しき詩観建設に就いての考案」

十一月号　「三秀作」「象徴主義の展開性」
十二月号　「ロマンチック文壇の曙光――十一月号創作一瞥――」
『文芸時代』第三巻（大正十五年）
三月号　「物質の一元化に関する文学的理論」
六月号　「新進作家に与ふ」

芥川龍之介は、赤木健介宛書簡の中で、「我々は皆根気よく歩きつづけなければなりません」とさとし、「あなたも息切れのしない為にはやはり気長になる工夫が必要でしょう」と書いていた。その芥川龍之介は、赤木健介の芥川訪問から二年後の、一九二七（昭和二）年七月二十四日に自殺をした。三十五歳であった。赤木健介は、七十歳を過ぎてから肝炎、右足動脈血管切除、心臓喘息、酸素吸入生活と、満身病巣のようになりながら、一九八九年十一月十日、八十二歳の生涯を遂げた。芥川龍之介が、自分の作品『馬の脚』を罵倒した一青年に、「根気よく歩きつづけなければ」いけないといいながら、早々として世を去ったことに比べれば、赤木健介が、若き日の芥川龍之介の忠告を、肝に銘じたかのように、最後まで生き続けたことは、見ごとだと思う。

2　佐々木妙二と小林多喜二

一　産土（うぶすな）のつながり

(1)

佐々木妙二（本名重臣（しげおみ））は、一九〇三（明治三十六）年三月十五日に、秋田県大館町常盤木町八番地（現大館市）大館神明社内に生まれ、一九九七年二月十四日に亡くなった。九十三歳であった。二〇一七年は没後二十年にあたる。

小林多喜二は、佐々木妙二と同じ年の、七ヵ月おくれた十月十三日に、大館から六キロメートルほど離れた北秋田郡下川沿村川口十七番地（現大館市川口三六の二）に生まれ、特高警察によって虐殺されたのは、一九三三年二月二十日、三十一歳であった。

命日だけのことでいえば、同じ年生まれの二人は、同じ二月に、わずか六日間だけのちがいで世を去ったことになる。

小樽高商（現小樽商科大学）に、佐々木妙二は、多喜二より一年おくれて入学した。一年間就職していたからである。妙二は、高商二年生に進学して、二〜三ヵ月後、もしくは三〜四ヵ月後に、「肺浸潤にかかり、医師の警告で休学しなければならなくなった」（「短歌的身上話」『新日本歌人』一九七二年九月号）。二年ほど静養して高商に復学した時、当然のことながら、多喜二は卒業していた。小林多喜二が、佐々木妙二の上級生であった期間は、一年と二、三ヵ月ということになる。

小林多喜二の、三倍の歳月を生きた佐々木妙二にとって、生涯、多喜二を「上級生小林多喜二」と傾慕していたことに、私は、深い感銘を覚える。

後年、多喜二の母セキが、無惨に殺された母親思いのわが子を偲んで作った次の詩は絶唱である。小樽訛りも、濁音なしも自然とわかってくる。セキの詩を読んでいると、多喜二と同じ二月に死んだ妙二が、どこかでセキの詩に耳を澄ませているような錯覚に陥る。

あーまたこの二月かきた　(がきた)
ほんとうにこの二月とゆ月か　(いう月が)
いやな月こいをいパいに　(声をいっぱいに)
なきたいどこいいてもなかれ　(どこへいっても)
ないあーてもラチオて
しこすたしかる　(すこしたすかる)
あーなみたかてる　(なみだが)
めかねかくもる　(めがねが)（三浦綾子『母』角川文庫・二二三頁）

（2）

小林多喜二の母セキは、一八七三（明治六）年八月二十二日、秋田県北秋田郡釈迦内村釈迦内の小作農木村伊八の長女として生まれた。「釈迦内は、大館の北方四キログらいのところにある山麓の小部落である」と手塚英孝の名著『小林多喜二』（新日本新書・上巻・一九七〇年七月二十五日・一〇頁）は語る。大館から北上してきた奥州街道の脇街道である羽州街道が、釈迦内を通り、青森県境の山中へと入ってゆく。セキの生家は、この街道のはずれで小作をしながら、そば屋を開いて、街道を往還する旅人を相手に商売をし、生計を補っていた。

セキが、隣村の北秋田郡下川沿村川口の、小林多吉郎の次男末松に嫁いだのは十三歳の時である。

三浦綾子の名作『母』は、多喜二の母セキからの詳細な聞き取りによって、セキの生涯を作品化したものである。その冒頭「第一章ふるさと」は、幼いセキが、嫁入りの日を回想する部分で感銘的である。

わだしはね、秋田の大館の在に生まれてね、そう釈迦内村っていう田舎でね、山がすぐ目の前まで迫ってくる、小さな小さな部落だった。

『釈迦内』なんで、ありがたいお釈迦さんの名前がついている村だもね。

こう語りはじめた小説『母』の中のセキは、八つか九つの頃、そばを食べに立寄る客たちが、よく歌っていたので覚えている、という歌が引かれる。

人がなんぼ貸せといっても貸さないで
蔵の中の米ば腐らせて
空見て泣きべちょかきながら
川さ捨てる
ええ気味だ　角地の旦那！

「秋田弁丸出しの、おかしな歌だと思べね。……秋田先祖代々からの歌かねぇ。」とセキが回想するように、おそらく、この地方の貧しい農村地帯で、江戸時代から、血も通わぬような強欲な地主と、生活に苦しむ小作貧農の姿を活写したものであろう。最後の、捨て台詞（ぜりふ）のような「ええ気味だ　角地の旦那！」には、小作農たちの、不敵な面魂（つらだましい）をもった姿がのぞいている。

　わたしが木村の家から、小林の家に嫁に来たのは、明治十九年の暮れのことでした。その冬一番の寒い日で、馬橇（ばそり）がりんりん鈴を鳴らして走る。雪が顔に刺さる。赤い角巻（かくまき）ば手にしっかり持ってても、手も冷やっこい、足も冷やっこい。

（前掲書・一〇頁）

十三歳の多喜二の母セキの「りんりん鈴を鳴らして」走っていった馬橇のイメージは、童話的な世界の感じがするが、それ以上に、痛痛しい思いがして、一度読んだら忘れがたい、三浦綾子『母』の名場面である。

こうして、十三歳の多喜二の母セキは、やがて多喜二の父となるべき、二十一歳の小林末松に嫁いでいったのである。

(3)

佐々木妙二の、父祖伝来の地は、小林多喜二の母セキの生まれたと同じ釈迦内村であり、その中の長面（ながおもて）という集落である。セキの生家の前の羽州街道は、セキの生家あたりで、東の方に屈折し、奥羽本線に接近するように北上し、釈迦内鉱山跡のあたりから、奥羽本線に平行して、さらに青森に向かって北上する。国土地理院の五万分の一の「大館」の地図を眺めると、羽州街道の西方に、一級河川の米代川の支流である大森川が、やや西にふくらんで流れ、街道と川に抱かれたような位置に長面がおかれている。

佐々木妙二の生まれた大館と、妙二の父祖の地長面を含む、多喜二の母セキの生まれた釈迦内村、それから多喜二生誕の地下川沿村川口あたりを結ぶと、大館は逆「く」の字の屈折点あたりになる。この逆「く」の字に、私は、三人の産土(うぶすな)の地のつながりのようなものを感じてしまう。

佐々木妙二の本名は重臣(しげおみ)である。名前の一字をもらった祖父の重和(しげかず)は、三十年間も村長をつとめ、また県会議員にもなった、明治初期から中期にかけて、この地方では著名な人であった。妙二は「短歌的身上話」(前記)で、祖父重和について、こんなふうに語っている。

私の祖父の頃(明治初年)は、秋田県富豪番付の小結にランクされている。富豪といっても田畑を沢山持っているということらしい。……結局政治にかかわって家産を尽してしまった。そのはてに、大館町(現在の大館市)から乞われるままに町の鎮守の神社の神主になった。神主を引きうけるほどだったから、それなりの素養があったらしい。(傍線・引用者)

妙二は祖父のことをサラッと書きすぎていて、深い内容がわからないことがもどかしい。とくに傍線部分は、維新激動期と深くかかわる問題が含まれていると思うからである。祖父に対するこの短い追想は、渡辺順三が短歌的自叙伝『烈風の中を』で、祖父順三郎尚義についての語り口とよく似ている。

妙二が「家産を尽してしまった」と言う、祖父重和のかかわった政治とは、維新初頭の自由民権運動とは対極のものであったらしい。『大館市史』によれば、大館の「初期の政党運動に深くかかわった」（上・二九四頁）というが、それは、「旧士族知識人と大地主を中心に、皇室の尊栄を奉翼することを綱領のトップに掲げる保守政党（秋田中正党・引用者）づくり」であったらしい。自由民権運動が歴史の引き潮となったあと、その再起をめざした運動が力を増してきた頃、対抗勢力として企図されたものの衰亡していったと『市史』は言う（同・二九九頁）。

ところで、「短歌的身上話」で、私が関心をもつのは、佐々木重和の「それなりの教養」とそれにもとづいた、風変わりな郷土「改革」である。結論を先にいえば、佐々木重和は、維新直後の頃、居住地長面の集落の家々を、檀家寺から引き離し、全部神道に変えてしまったことである。

私は一九九〇年代のはじめ頃、はじめて長面を訪れてこの話を聞いた時、ひどくびっくりしたことを覚えている。集落の長であった佐々木重和が「指導性」を発揮したらしい、ということも聞いた。その時の疑問は、のちに『大館市史』の中で、佐々木重和が、秋田が生んだ江戸後期の国学者平田篤胤（あつたね）の復古神道の学統に属していたこと、また、重和が、明治初期の「廃仏毀釈（きしゃく）」へと進む神仏分離令（一八六八年＝慶応四年）による、神道国教化政策に便乗したことなどで、私なりの理解が出来るようになった。

『神々の明治維新―神仏分離と廃仏毀釈』（安丸良夫・岩波新書）の中に、面白い記述があった。それは著者が『秋田県史』から引用している部分である。一村神道へ宗旨がえした、釈迦内長面の真実を明かしているような資料である。

明治二年六月ごろの秋田藩（「廃藩置県」は明治四年七月・引用者）には、つぎのような風聞がひろまっていたという。

一、修験山伏真言宗、此迄坊主にて衣を着し候処、御一新に付、皆々髪を立（ママ）、俗名に名を改め、院号・寺号一切に御停止之事。但、社家に相成候事。

一、追々諸事院も御停止、神道を祭る様に相成候事。

一、梵鐘銅仏の鋳像を以て銭幣を鋳造して億兆之用に宛る。

一、仏教を禁止し、神道を以て祖先父母之霊魂を令祭。

秋田藩がなぜ、このような過激な仏教廃滅への政策をさきがけてとったのか私にはわからない。想像することの一つは、維新の尊王思想をリードした秋田生まれの平田篤胤の説が、幕府の気に入らず、晩年、江戸から生国秋田に「流罪」のように、おし込められた扱われ方に怒った秋田藩が、新政府の意向を拡大強化し、尖鋭的なものにすることによって、平田国学の発揚と、幕府に対し、一矢を報いたとでもいうことであろうか。

いずれにせよ、この情勢に鼓舞されて、佐々木妙二の祖父重和が、自分が長としてかかわる長面の農民に改宗を持ち込んだのであろう。全戸神道はこうして生まれた、と私は理解している。

佐々木妙二の死は神職三名による神道の葬いであった。それは、他の宗派宗教の葬式より、はるかに静かで、簡素であった。はじめて神道の葬いに参加した私には、神奈川県舞鶴の街の一室での、妙二の葬儀は、すがすがしくさえあった。

二　一つの転機

(1)

手塚英孝の『小林多喜二』下巻（新日本新書・一九七〇年七月二十五日）の精細な年譜の中に、次の言葉が記される。

一九三〇年（昭和五年）二十七歳
三月末、上京、市外中野町（現中野区）上町に下宿。

私がここで述べたいと思っていることは、多喜二のこの「三月末、上京」の頃にかかわることである。小林多喜二は、この最後となる上京の折、秋田に途中下車して、当時、秋田県師範学校の教員をしていた佐々木妙二を訪れたということをめぐってである。佐々木妙二の「短歌的身上話」は、そのあたりについて、次のように述べている。

この頃（秋田県師範学校の教員の頃・引用者）、突然に小林多喜二が三浦強太と一緒に秋田の私に立ち寄った。なにかの用事で秋田市に来たついでに立ち寄ったのだろうが、小樽高商以来の再会であった。（すでに四十年前のことだがこの頃のことを三浦強太に聞きたいものだと思っている）。その時、どんな話をしたかも覚えていないが「君の歌はまだ駄目だな」と言われたが、それはどういう意味だったのか、いろいろと考えられる。これが多喜二に会った最後である。

妙二の「短歌的身上話」のこのくだりは、この文章がはじめてではなく、妙二が周囲にも話していたことであり、多喜二研究者の取材などにも遠い記憶として語っていたに違いない。小林多喜二の「秋田下車」の問題は、とりわけ多喜二出生地の秋田県の小林多喜二研究者や、多喜二の顕彰・研究に力を注いできている、「小林多喜二生誕地からの発信」組織などが、大きな関心をもってきたのは当然である。

問題点を明らかにするために、田中収の「佐々木妙二研究(1)」(『新日本歌人』一九七二年三月号)の、「短歌的身上話」の前述の部分とかかわる一節を次にあげる。

多喜二は後に、秋田師範の教員をしていた佐々木妙二を、昭和五年頃、『不在地主』を書いている時に、訪ねてきたことがあるという。

時系列的には、田中収の評論の方が、妙二の「短歌的身上話」より半年早いということになるが、内容的には、妙二に対する田中収の取材や聞きとりが行われていたと考えられるから、傍線部分も文脈からいうと、妙二の記憶と考えたほうがよいかも知れない。

小林多喜二の年表からも明らかなことであるが、前年一九二九年三月三十日に名作『蟹工船』を完成させ、四・一六の大弾圧のあと、三ヵ月をおかず中編小説『不在地主』を書きはじめ、九月十九日に完成している。つまり、前掲田中収論文の記述は不正確であり、①『不在地主』を書いていることを中心におけば、それは一九二九（昭和四）年のことであり、②佐々木妙二の秋田県師範学校教員時代が動かないとすれば、それは一九三〇年のことになるからである。

『大館市史』第三巻（下）の「四　小林多喜二と佐々木妙二」（二八四頁）はなかなかの力作であるが、執筆者は、田中収論文にもとづいて、次のようにいう（傍線・引用者）。

『不在地主』の執筆中というから四年夏から秋へかけてか、一度だけだが小林多喜二が妙二を秋田に訪れている。小樽高商の後輩三浦強太が一緒だった。三浦は妙二に一年遅れて卒業、道庁に勤務しながら全協（日本労働組合全国協議会の略。当時のもっとも戦闘的な労働組合組織・引用者）の活動に携わっていた。（三〇六頁）。

この傍線部分の内容は、田中収論文より、もっと混乱・後退しており、秋田の妙二を、多喜二が訪れたのは一九二九年としてしまっている。

結論を先に言えば、おそらく佐々木妙二か田中収が、多喜二の『不在地主』を一九三〇年執筆と誤認したことにあろう。これを誤まりとすれば、小林多喜二は一九三〇年の最後の上京の折、秋田に途中下車して、佐々木妙二を訪れたことがすっきりとする。三浦強太は、小樽から多喜二と同行し、秋田で別れている。前年『不在地主』を書き、「中央公論」十一月号に発表されたが、「作者に無断で、二百五十九枚の作品中、最後の約五十枚が省略され」ていた。その省略された「『不在地主』の最後の章は

小林多喜二『不在地主』（日本評論社・1990年1月）

「戦い」と題して『戦旗』十二月号に掲載された。」（『小林多喜二』下・二一一頁〜二二二頁）。この『不在地主』のため、十一月十六日、「多喜二は五年八ヵ月勤めてきた拓殖銀行を、依願退職というかたちで解雇された。」（同・二二三頁）。

佐々木妙二が「短歌的身上話」で、多喜二が自分の許を訪れてきたことは、はっきりとしているが、その他が詳しく思い出せないので、「このころのことを三浦強太に聞きたいものだと思っている」と述べている。三浦に対するその口調は、いかにも親身でなつかしい思いを込めている。三浦強太は、小樽高商で、少なくとも二年間は妙二と一緒であった。その重なりだけでなく、三浦強太は、秋田県南の「横手市金沢の県社八幡神宮の宮司という境遇」（『大館市史』第三巻下・三〇六頁）だったというから、大館神明社の神職の子の佐々木妙二とかなり親密だったことが、想像される。

三浦強太は、一九五九年の『多喜二と百合子』四月号で、「小林多喜二のこと」というエッセイを書いている。書き出し部分に次の一節がある。

一九三〇年の春、秋田の土崎にいた私が札幌からの帰途、上京する小林と南小樽駅で待合わせ秋田まで同行した。その車中で、太目の書き易すそうな万年筆を見せて『或る女性に貰らったんだ。』など、始めて田口たき子さんの話を聞いたに過ぎない。

小林多喜二と「秋田まで同行した」三浦強太の、秋田に関する話はこれだけで、佐々木妙二を訪れたことなど、まったくふれていない。時系列的にいえば、妙二の「短歌的身上話」は、三浦強太の「小林多喜二のこと」よりあとの文章である。妙二はおそらく、この三浦強太のエッセイを読んでいなかったのであろう。仮りに読んでいたところで、これでは妙二の「三浦強太に聞きたいものだ」という熱望にはこたえるものとはなっていない。佐々木妙二は舌打ちしたかも知れない。

(2)

小林多喜二が、最後の上京の一九三〇年三月下旬、秋田県師範学校に佐々木妙二を訪れたことは前述した。「そのとき、どんな話をしたかも覚えていないが『君の歌はまだ駄目だな』と言われたが、それはどういう意味だったのか、いろいろ考えられる。これが多喜二に会った最後である。」(「短歌的身上話」)と妙二は語っている。妙二が、多喜二に短歌作品を見せたとすれば、それは当然『まるめら』最新号であったに違いない。それは、次のようなものであった。

あぶないことをずばり言いきって　そのあとは　大声で笑ってにごしてしまう
次に学校から追われる俺を　誰も　口にだけは出さずにいる

危険をまともに感じつつ　今はやっておかねばならぬ仕事に　魂をぶちこむ
俺が病気したばかりに親父はまた内職だ、無口な親父は最後の同志だ

『一九二八年三月十五日』を書き、『蟹工船』を書き、『不在地主』などを書いてきた多喜二にとって、妙二の歌は、大局が見えておらず、たよりなく感じたのでもあろうか。それは、妙二同様私にもわからないことである。妙二は小林多喜二の言葉に「いろいろ考えられる」と言っていることは重要である。この言葉の中にはおおよその見当をつけているニュアンスがある。私は妙二は、じつは多喜二の言いたかった真意を感じとっていたのでは、と推測する。その理由は、多喜二の妙二訪問の六ヵ月後に刊行された、『一九三〇年版　プロレタリア短歌集』に、佐々木妙二名で十一首も作品を出しているからである。詳細に論ずるスペースがないので、二首だけ引いておく。

娘の賃銀が一家の暮しを背負ってる美談だらけだ俺等の村は
せっせとお前等田の草取ったにその米地主がみんな馬に積んでゆきやがった

『プロレタリア短歌集』の妙二の十一首には、内部に引きこもった詠嘆性はなく、みなダイアローグである。これらの歌は、一九三〇年の時代状況の中において検討しないと、正しい評価はむずかしいように思う。この時代は、前年七月に結成されたプロレタリ歌人同盟の高揚期であり、機関誌『短歌前衛』は、治安維持法体制のもとで連続的な発禁・弾圧にさらされていた。『短歌前衛』は、一九三〇年の十月、終刊に追い込まれ、翌月『プロレタリア短歌』と改題し、プロレタリア短歌運動を執拗に継続していた年——、その年に、佐々木妙二は、『プロレタリア短歌集』への参加というかたちで、一歩大きく運動の側に近づいたのであった。

小林多喜二の最後の上京で、秋田に途中下車した問題にかかわって、私はいま、次の二つの仮説をもつ。

一つは、多喜二はなぜ秋田に下車したか。それは佐々木妙二に会うためのものだった。

二つには、多喜二と出会った佐々木妙二は、これを一つの転機として、プロレタリア短歌運動の外野から、主体的な運動の内部の方向へと軸心を移していくこととなった、ということである。

三　上級生・小林多喜二

（1）

本稿執筆中、私は思い立って、秋田県大館市の佐々木妙二出生の場所、大館神明社と、長面の佐々木家累代の墓を訪れた。墓地には、八年前（二〇〇九年）の二月と、二十六年前（一九九一年）の二月と二回訪れている。いずれも秋田県小林多喜二祭での講演会のあとだった。二回とも大雪の中で、一回目は、墓地の一番奥に建っていた古い墓石の「元禄」のかすれた文字を見つけ出しただけであった。二回目は、少し雪は少なかったが吹雪いていた。私の訪れた何年か前に、墓地の入口の左側に建てられた佐々木妙二と妻の長井和子の歌碑は、三分の一ほど雪の中に頭を出していたが、碑面には厚い氷がへばりついていて、手で落とそうとしたがビクともせず、見かねた近所の人が、薬缶(やかん)に湯を沸かしてもってきてくれたが、どうにもならなかった。

三度目の今回は、膝近く雪はあったが、曇天でいくらか暖かかったので、私は苦労せずに妙二の歌碑の歌を読むことが出来た。

父も母も　もう誰もいない
ふるさとの
私の育った土を踏みたい

妙二

まぎれなく土に還らん

添う道に
　いちようにしたし春の木草よ
　　　　　　　　　　　　和子

二人のこの歌について、私に湧く思いがあったが、これは別の機会に書くことにする。前回の時とくらべ、墓地は変化していた。藩政時代からと思われる茶褐色の自然石の左に、やや小ぶりの黒御影石に、「佐々木家奥津城」と横に刻んだ墓石があり、古い墓石は見当たらず、墓地を囲む低いブロック塀に添うように、右側に、これも黒御影石の墓誌が置かれていた。そこに刻まれた文字は、初めて見るものであった。

佐々木妙二・長井和子歌碑の前で著者（2009年2月）

これは、妙二の長男佐々木潤之介（元早稲田大学教授）が生前に歴史学者として起草していたものにちがいない。それは、妙二の祖父重和が調べた家系書が、妙二から潤之介に伝えられたものであろう。「佐々木家奥津城」も「墓誌」も、妙二没後の三年忌あたりに建てられたものと思う。

佐々木家墓誌
佐々木家は、鎌倉時代に但馬の佐々木太郎を遠祖とするとされ、代々但馬屋を家号として来た。長面の地に住みついた時期や経緯などはわからない。重隆より末の家祖とその没年とを掲げる。
半四郎重隆　元禄十五（一七〇二）年十二月二十七日
（以下「家祖」十九人が名を連ね、二十人目にようやく、近代に入り、妙二の祖父が登場し、妙二とその子潤之介に及ぶ——引用者）
重和　明治二十三（一八九〇）年六月十五日

重和妻サト（略）
稲雄　大正八（一九一九）年五月十六日
節三　昭和十八（一九四三）年十一月十七日
節三妻トキ　昭和三十六（一九六一）年六月十五日
重臣（妙二）　平成九（一九九七）年二月十四日
重臣妻スエ　平成三（一九九一）年一月十四日
潤之介　平成十六（二〇〇四）年一月二十三日

『まるめら』第十一巻第四号の『佐々木妙二歌集』（一九三七年）に、「墓石（はかいし）」と題する五首の作品がある。これは明らかに『まるめら』調ともいうべき、口語とやまとことば中心による長歌の短いものである。その中より二首を引く。

このあたりにも　ひともと　祖先の墓が　あったはずと　くさむら　かきわける
ちゝの　てもと、あぁある、ある、あをく　こけ　かぶり　なかばは　つちに

うずもれて　はかいしの　あたま
子なく　つまにも　さられた　叔父だった、はかいしに　水　かけ　ちゝと　と
もに　ていねいに　あらってゐる

この作品の中の「ちゝ」は、墓誌の中の節三であり、「叔父」とあるのは、祖父重和の後を継いで、大館神明社の神主となった稲雄である。戦前の遠い時代に、佐々木妙二は父と二人で、荒れ果てていた長面(ながおもて)佐々木氏の総本家であるこの墓地に立ったのであろう。稲雄の急逝によって、妙二の父節三は苦労して神官の資格をとり、神明社の神主となり、生活も落ち着いてきた頃でもあったろうか。

佐々木妙二が生まれたのは大館市常盤木町の神明社であることは、これまでもふれてきた。祖父重和がこの社の神職であったことによる。妙二は祖父の死後十四年目に生まれているから、妙二の本名を重臣と名付けたのは父節三であろう。重和の名の一字をとってわが子につけた妙二の父親は、おそらく、わが父ほどの学識をもてと、わ

が子に対してひそかな願いをこめていたのであろう。私は連想的に、渡辺順三の父良三が、富山藩の下級武士ながら、江戸に出て、蘭学を学び、砲術を学んで、漢詩人としても藩で知られたその父順三郎尚義の二字をとって、わが子の名前順三とした、その親としての共通の心情を感じた。またそこには、急激な維新の改革と、情勢の激動の中で没落していた庶民が、そこから身を起こしてゆこうとする気配も感じとれるような気がしたのである。

大館神明社の神域は広い。何となく下総の国の一の宮と称される香取神宮と似た感じをもった。大館は何回も大火にあっているので、建物は割合と新しい。昔は神官の居宅が、現在の鳥居の外だったというから、佐々木妙二の出生もそのあたりであったろう。祖父の名の一字を負って重臣（しげおみ）という、いかにも神官に似つかわしいような名をもった佐々木妙二が、大館中学を卒業し、代用教員を一年した後、津軽海峡を渡って小樽高商に入学したのは、一九二二（大正十一）年であった。同級生に伊藤整がおり、一級上に小林多喜二がいたのである。

(2)

手塚英孝編の写真集『小林多喜二—文学とその生涯』（新日本出版社・一九七七年二月二十日）の中に、忘れ難い一枚の写真が収録されている。それは、一九二三（大正十二）年、妙二が小樽高商二年生に進級し、小林多喜二にすすめられて、小樽高商校友会誌編集部に入った時、その記念に撮ったものである。「校友会誌には、毎年、二、三年生から二人ずつ委員がえらばれ」（手塚英孝『小林多喜二』三七頁）ることになっていた。三年生からは小林多喜二と虚子の子の高浜年尾、それに二年生からは佐々木妙二と安野安平の四人である。写真は前列に、校友会誌顧問の糸魚川祐三郎教授（銀行論・簿記）を真中にはさみ、向かって左に小林多喜二、右に高浜年尾。後列は二年生の佐々木妙二と安野安平の二人が立っている。妙二は多喜二のやや左うしろの位置ということになる。

この写真については、これまでも二、三回文章に書いたことがあり、私にとっては

前列左から小林多喜二、糸魚川教授、高浜年尾。
後列左から佐々木妙二、安野安平
（1923年・小樽高商校友会誌編集部）

馴染（なじみ）深いものである。

ところで、この写真で、これまでまったく気付かなかったことがあった。それは、多喜二の後ろに立つ佐々木妙二の右手が、妙に不自然なのである。妙二の隣りに立つ安野安平は首をやや右に傾けてはいるものの、両手を下に自然に垂らしているように感じられる。前列の三人は、いずれも行儀よく両手は膝においている。こうした雰囲気の中で、多喜二の背後にいる佐々木妙二の右手を含むその空間だけが、何か動きを感じさせているのである。よく見れば、妙二の右手は、小林多喜二が座っている倚子の背もたれにおいているのであるが、その曲がりぐあいはひどく不自然に見える。妙二の右手の自然な落ち着き先を考えれば、多喜二の右肩か背のあたりが穏当というところであろう。

私の想像では、妙二は多喜二の肩に手をおこうとして一瞬ためらったのち、多喜二の腰掛の背もたれあたりに手をおくしぐさになった——のでは、と思うのである。妙二の右手と、多喜二の肩のあたりの、何とはなしの、この小さな空間には、そうした親しみの気配を、今に残している、と私には感じられたのである。私にとっての、この発見は、佐々木妙二と小林多喜二の人間関係に、新しい感銘を引き起こすものとなった。

これまで長い間、この写真には親しんできた。また文章にも書きながら、私は、どうして秘密のような雰囲気を保つ、このような空間に気付かなかったのであろうか。それは、死後の妙二が、二十年もたって、私に明かした秘密のメッセージのようにさえ思えたのである。私がもった感銘とは、そのようなものであった。

この時の妙二の心の動きの中に、多喜二の誕生の地・自分の誕生の地・そして多喜二の母セキの生誕地・また妙二の家祖を祀る地も、みな、大館盆地の中の近接した位置――産土（うぶすな）の地に結ばれている、という親近感があったように思えてならない。

一九九二年の『民主文学』一月号に、佐々木妙二の「上級生・小林多喜二」と題する短歌十首が発表されている。そのうちから二首。

「駄目なのは短歌ではない、君の生きざま」と上級生多喜二は容赦しなかった

九十歳の私に上級生多喜二が居る「君の生きかたはそれでいいのか」

佐々木妙二の、「上級生・小林多喜二」への親愛と畏敬は、小樽高商の校友会誌編集委員会の記念写真を出発点とし、一九三〇年の多喜二が最後の上京の折り、妙二に会うためにだけ秋田で途中下車したこと、そして戦前・戦後を生き、九十三歳の生涯を通じて、佐々木妙二が手放すことのなかった「どう生きるか―」という問題は、

佐々木妙二が、上級生・小林多喜二から与えられた、かけがえない遺訓であったにちがいない。それは、戦後に刊行された次のような歌集名を見ただけでも明らかであろう。

『診療室』（一九五〇年十二月）
『仕事着』（一九五四年五月）
『火芯』（一九七三年五月）
『かぎりなく』（一九七六年十月）
『生』（一九八三年十二月）
『いのち』（一九八七年二月）

小林多喜二が殺されてから六年後の一九三九年、プロレタリア短歌運動の火を継ぐ『短歌時代』十月号から佐々木妙二は、竹原茂人のペンネームで運動に参加した。そして十二月号に、竹原茂人名による評論「生活派短歌随想」をはじめて書いている。

その中で、中心的に強調しているのは、まさにこの「生きる」という問題であった。
「吾々は短歌作者である前にまづ健康な自覚をもつ生活者でなければならない。」
「吾々が如何なる社会に、如何に働いてゐるか、更にどのように生きて働いてゐるか、更に更に、どのように生きようとしてゐるのか、根本の問題なのである。」

戦前も、戦後も、佐々木妙二の中に、上級生小林多喜二は生き続けた。多喜二は妙二をはげまし、叱咤した。妙二はその声に背かず、その声を生涯聞き続けた。そのことを一番よく知っていたのは、「父は常に自分の位置を多喜二を基準にして測定していた」（「新日本歌人」佐々木妙二追悼号。一九九七年十月号）と語っていた今は亡き、歴史学者の長男潤之介であったろう。

—二〇一七・三・一五—

3　岩間正男論　炎群（ほむら）の歌人の生涯

はじめに

岩間正男は、一九〇五（明治三十八）年十一月、宮城県蔵王東麓の柴田郡村田町の農業を兼ねる商家の三男として生まれ、一九八九年十一月一日、八十四歳の誕生日を迎えた日に亡くなった。その生涯は、たたかう教師、歌人、そして政治家を統一した共産主義者としての炎のような生涯であった。

はじめに、本稿の読者のために、その主な短歌関係の著作を、刊行年代順にあげておきたい。

①歌集『蒼天—国会二十余年』（新日本出版社・一九七四年一月二十五日）

②歌集『炎群（ほむら）』（新樹出版・一九七四年二月二十五日）
③歌集『風雪のなか―戦後三十年』（新日本出版社・一九七八年十一月二十五日）
④歌集『若き感傷の日に』（短歌新聞社・一九七九年五月一日）
⑤歌集『春塵孤影』（新日本出版社・一九八一年二月十五日）
⑥評論集『追憶の白秋・わが歌論』（青磁社・一九八一年六月二十五日）
⑦歌集『炎群』（けやき書房・一九八五年十二月）

⑦は、①の編集の時に除いたかなりの随想を収録しているため、あえてあげた。③の『風雪のなか』は、第十一回多喜二・百合子賞受賞作品である。また、短歌関係ではないが、一九四八年十月に、上田庄三郎（上田耕一郎・不破哲三兄弟の父）の週刊教育新聞社から刊行された『教員組合運動史―教育労働戦線の統一まで』がある。これは戦後の教育運動を語る場合に、見落とすことの出来ない貴重な資料的意味をもつ労作である。

前掲の歌集を、その歌われた年代順に並べると、④一九二三年〜一九三九年、⑤一九四〇年〜一九四四年、②一九四五年〜一九四七年、①一九四七年〜一九七〇年以降、

③『炎群』『蒼天』抄と『蒼天』以後、ということになる。

遠のあかり──おのが軸心を立てる

歌集『若き感傷の日に』の巻末につけられた著者の「私の短歌遍歴」によれば、小学校四年生のとき「こわごわとのぼるやさかの相山もきたりてみればさくらさきみつ」という歌をつくって、担任教師をびっくりさせたことが書いてある。このことからも、岩間正男は小さい時から、豊かな歌人的資質をそなえていたことがうかがわれる。

一九二七（昭和二）年、宮城師範学校の専攻科を卒業すると同時に、北上川流域の飯野川の小学校教師となり、本格的な教師生活に入った。ここでの五年間は、岩間正男のその後の人間的発展にとって欠くことの出来ないものとなった。

一九三一年、日本の帝国主義は「満州事変」と呼ばれた中国東北部への侵略を開始した。いわゆる十五年戦争の開始である。前年からはじまった経済恐慌と重なって、東北農民は、深刻な状況にさらされていた。生活苦から、娘を売ったり、子どもを年季奉公に出す貧しい親たちが続出し、結核患者が急増した。のちに、岩間正男は当時を回想して、次のように述べている。

わずか五銭の学級の紙代がおさめられないで、そのなげきをぼそぼそと作文にもらすといった農村プロレタリアートの子弟の姿、そしてその苦しみとかなしみ、それはまた若く感じやすい教師のなげきかなしみでもあった。(『和光学園三十年史』)

当時の国定教科書には、「農業は国の大本で天のあたえてくれた恵まれた職業である」などと書かれていた。若く正義感に燃える岩間正男にとって、こうしたことを子どもたちに教えることは、矛盾どころか犯罪的にすら感じられた。それは、岩間正男にとって深刻な悩みであった。こうした時期に出合ったのが雑誌『綴方生活』であった。この雑誌は、野村芳兵衛・小砂丘忠義・上田庄三郎などによって、一九二九（昭和四）年十月に創刊されたものである。綴方を通じて、子どもの生活への目をたしかなものとし、子どもたちに、激動の時代に生きていく力を与えようとしたもので、日本の教育実践の歴史の上で、この雑誌によった、いわゆる生活綴方運動は、不滅の光を残したものである。岩間正男の綴方教育は、『綴方生活』との出合いによって、大きく変化していった。この雑誌に短歌作品も発表している。

　窓ごしの日射ぬくとき教室の床に安坐し爪を剪りいる（第二巻・第六号）
　黄色の看護当番徽章除りしかば今日のひと日も黄昏れにけり（第二巻・第七号）
　足裏に痛さこらえて歩みおり末はろばろし熔岩の原（第二巻・第十一号）

若書きの、おさなさをもったこれらの作品は、のちに歌集『若き感傷の日に』の前半に、「青春の呟き」として収められているが、この初期短歌の世界の未成熟さは、師をもたぬ十七歳から二十四歳という作歌年代を考えれば、無理ないことであろう。

しかし、私が大きな関心をもつのは、この時代の作品の中で、すでに後年の岩間短歌のいくつかの特徴が、はっきりと浮かび上がってきていることである。それは、次にあげるような作品にもうかがえるところの、対象にたいする真率な向かい合いと、しなやかな情感であり、遠きものへの憧れの気配とである。

梧桐（あおぎり）の青き木膚に啼くと来てみんみん一つ腹ふくらます
こもごもに注意あたうるわが顔に集まる子が眸（まみ）のゆゆしき
教室の窓をひらいて何見てる子らよ出て行け田んぼのひかり
逝く秋を惜しみつつ来てそこはかと湯宿ははかなし鳴子のいで湯

日本の教育労働運動は、一九三〇年代の新しい高揚をむかえていた。『綴方生活』の創刊に続き、一九三〇年九月に『新興教育』が創刊され、十一月には非合法の日本教育労働組合（略称・教労）が結成されたのである。こうした組織とかかわりながら、生活綴方運動も大きな教育運動として全国に拡がっていった。北原白秋も、またこの運動に関わりをもち、綴方研究会の講師などをしていたのである。

敗戦直後の日本の教育労働運動は、この一九三〇年代の教育労働運動を継承しつつ、岩間正男を指導者として発展していったことを考えると、私は、因縁浅からぬものを感ずるのである。

刻苦の精進――北原白秋との出会い

一九三二（昭和七）年、岩間正男は、飯野川での五年間の教師生活に終止符をうち上京し、成城学園小学部の教師となった。ここで白秋の二人の子ども、長男隆太郎、長女篁子を教えることになった。翌一九三三年、いわゆる成城学園事件がおこり、岩間正男は渦中の人となった。

この事件は、成城学園小学部長の小原国芳の追い出し問題が発端であった。小原復帰の要求運動は、やがて学園の自由擁護の運動へと発展していったが、結局、反動的な潮流と策謀によって敗北した。すでに前年五月に、京大滝川事件が起こっており、その鎮圧に手こずった文部省、権力は、成城学園を単なる一私学の騒動とは見なかったのである。岩間正男はこの闘争過程で、まっ先に首を切られた。

北原白秋は、この事件に父母の一人として大きな関心を寄せ、ある時期から前面に出て、その信ずる主張を掲げ、岩間正男らの立場を全面的に支持したのであった。「成城学園を思ふ歌」百四十四首をつくり、それを印刷して、全校父母に配るといった活動もした。岩間正男と北原白秋の出会いであった。一九三五年六月に、白秋が短歌雑誌『多磨』を創刊すると、岩間正男はただちに入会した。しばらく中断していた作歌への意欲が大きくもり上がっていった。『多磨』入会後の岩間正男の短歌は、年を重ねるごとに急速に内容的な深さと、表現の高さを獲得していった。

歌集『若き感傷の日に』の後半「草木集」の章は、『多磨』入会後の四年間、一九三九年までの作品であるが、一つの歌集に、このように鮮やかに一線の引かれることは珍しいことである。「草木集」より引く。

樫の葉の白き葉裏に夕づく陽かがようを見つつすべなかりけり
草邃（ふか）く夕焼け雲を映しつつ杳（とお）き田川のひと流れあり
若竹の巻葉ほぐらす風出でて梅雨の日癖の雨上るらし
朝の陽に流るるほこりしずかなりさくらの花の翳の明るさ
朝じめりひかり息づく草の藪抱卵の山鳥は瞳（め）もまじろがず
松の花粉散らしつつしきり吹き入るや夕潮風は峡に余りぬ
おとろえて夕はねむる枕もとにさくら草の鉢あわあわと置く（白秋先生）
軍装の遺影新しき喪の部屋にしずかなるかなや夏蚕（なつご）の眠り（教児の戦死。飯野川にて）

岩間正男と白秋との出会いは、単に作歌の機縁が刺激され、白秋を師として歩み出した、という単純なことにつきるものではない。

北原白秋という、すぐれた詩人の魂の中にある、はげしいたたかいの心にふれ、それを継承・発展させたところに、歌人岩間正男の真骨頂があった。白秋が、成城学園

談笑する北原白秋と岩間正男（1949年、仙台にて）

事件の中で、「成城学園を思ふ歌」をつくって、西の京大事件に匹敵するような、時代的意味をもったこの事件に身をのり出していったことについてはすでにふれてきた。たとえば白秋は、「ひたさまに自由教育を善からずとするこの圧迫は何より来るか」とこの時歌っているが、白秋の詩精神の中にあるこのはげしさは、たとえば、ダムに埋没する村を救おうとたたかった小河内村の農民たちの心情に、自らの思いをひた寄せてうたった、歌集『渓流唱』の中の、長い「小序」をもった五十一首の大連作「厳冬一夜吟」の中にも脈うっている。

何ならじ霜置きわたす更蘭(た)けて小河内の民の声慟哭す

莚(むしろ) 旗巻きつつ朝来し道をまたのぼるなり日暮寒きに

岩間正男は、戦後「たたかう短歌」を提唱したが、その源泉は、すでにかいま見てきたように、初期短歌の時代にもその作品の上に反映されていたところの、遠き未来への憧れと、積極的なヒューマニズムであったが、同時にそれは、白秋の詩精神のもっともすぐれた部分を継承したものであった。その意味で、岩間正男はまさに、白秋が主張した「厳たる我が軸心に坐して」（『多磨』創立宣言）つき進んだ歌人といえよう。

北原白秋は、一九三七年九月から眼底出血のため入院し、一九四二年十一月二日に死ぬまで、長い「薄明」にさらされることになる。岩間正男は白秋の死の前後三年間、白秋にかわって『多磨』を編集し、選歌も担当した。

当時、岩間正男の妻は結核で長期入院中であった。独居生活、教職の繁忙の中で暇を見つけては祖師谷の自宅から、阿佐ケ谷の白秋の家まで週三回、「一〇キロの道を、多くは自転車を踏んで通い続け」たという（歌集『蒼天』「白秋先生と私」）。「次第に重圧をましてくる空のもと、ひとすじに『多磨』を思い、白秋先生を思い、歌につながることが、この時せめてもの私の生き甲斐であり救いで」あったと、前掲文章は続けている。

北原白秋の死が、どんなに岩間正男に衝撃を与えたかは、思い余るものがある。白秋の死から二年後、一九四四年四月二十八日には、妻のよし子が死んだ。岩間正男のほかには、医者も身寄りも看護人もいなかった。宮城の飯野川から「出京してからわずか四ケ月で胸を病み、爾来十三年間病み通し、前後三回、延べ六ケ年にわたる入院生活であった」（歌集『春塵孤影』「戦時・生墓（ママ）の記録」）。

歌集『春塵孤影』の後半部分の作品は、白秋を歌い、病妻を詠み、巻末には、二年をおいて相次ぐ二人の死とその挽歌が絶唱となって据えられている。白秋「霜の夜闇」二十首、妻「ひとり愚かに」二十五首。その中より、それぞれ五首を掲げる。

〇

亡骸にとりすがりいてたぎりくるこの口惜しさは何とか告げむ

涯しなき夜闇の底に覚めていつつ虚ろなるまなこわれは見開く

このゆうべ何にほそれるいのちかと白菊の花にまなこ凝らしつ

み柩をいだきまいらせて門のべの日ざしはまかるたどきは知らに

かなしみに洗われ果てしこころぞも深沈として闇に入り行く

〇

足立たずなりて便器を使いしか二日後にして嗚呼汝（なれ）の亡し

哨戒機ただならぬ空に日を幾日（いくひ）みつぎにしが遂に還らず

つとめより帰る吾（あ）を待ち病みやみて永かりしひと日ひと日と思うに

骨壺を膝にいだきて眠る夜のいくほどもなし白み来しはや（車中）

こほろぎの昼瞭（あき）らかにこもり啼くこの部屋にしも汝（なれ）を死なせし

たぎりの中に――炎群の歌人として

一九四五年十二月一日、戦後の日本で最初の教育労働者の組合、全日本教員組合（略称・全教）が結成された。教育労働者の立ち上がりは、きわめて早かった。その早さの背景には、戦前の「教労」「新教」の運動をはじめ、「生活綴方」「教科研」「生活学校」の運動など、教育の民主主義的発展をめざして力闘してきた、日本の教師たちの不屈のたたかいがあったことは明らかである。

この全教中央執行委員四十八名の中に、若き日の岩間正男、関研二、小林徹、中村新太郎、増渕穣、入江道雄などの人びとがいた。全教は、翌一九四六年六月二十六日に、日本教育労働組合（略称・日教労）に発展的に改組される。日教労はさらにその年の十二月二十二日、歴史的な二・一ゼネストを目前にして、全日本教員組合協議会（全教協）を結成した。その中央闘争委員長が岩間正男であった。

この時期、岩間正男を先頭とする日本の教育労働者の組織が、もっとも中心的な課題としたのは、教員の最低生活権の獲得と、民主教育確立の二大目標であった。学童給食要求のたたかいも具体的な重要課題であった。岩間正男は、これらの要求実現の先頭に立って、全力投球でたたかったのである。こうした激闘の中でも、岩間正男は歌をはなさなかったのである。

戦後はじめて出た歌集『炎群(ほむら)』は、この高揚した時期の作品を収めたもので、二百二十首の短歌作品と初版では十四編のエッセイから構成されている。作品内容は歌集名にふさわしい、炎のようなたたかいの精神に溢れている。『炎群』は、岩間正男をもっともよく代表する作品集である。いくつか引く。

生れ替るこの世とぞおもうひたぶるに働くものはいのち明るし
聖職とあがめられつつ夜の街にそのある者はおでんを売りぬ
闘争宣言手交し終えて炎群(ほむら)なす隊列のなかにわれら入り行く
るつぼなすたぎりのなかに身はおきて思い澄むとき自菊咲けり

清（きよ）若きひとつの希い持ちつぎて世の暁に立ちなむわれか

「闘争宣言」の歌は、当時の田中耕太郎文部大臣に、闘争宣言を手渡したときのもので、要求実現までは一歩も退くまいとする気迫がよく表現されている。「るつぼなす」の歌は、『多磨』でその師白秋から育まれた柔らかな感性を、激闘の中でもその内部に輝かせている歌である。

全教協は、一九四七年六月に結成された日教組の母体となった。岩間正男の指導した全教は、敗戦直後に結成以来、一年七ヵ月のたたかいの中で、ついに教育労働戦線の統一を実現したのである。

岩間正男第一歌集『炎群』（週刊教育新聞社・1947年10月10日）

岩間正男は、一九四七年四月

におこなわれた、新憲法下第一回の参議院選挙に、全教協から推せんされて、無所属で全国区に立候補して当選した。白秋晩年の愛弟子である歌人岩間正男の、社会的な活動舞台は、こうして教育戦線から、真っ向勝負の政治の本舞台へと移されていったのである。

戦後のこの時期は、短歌、俳句などの日本の伝統的小詩型にたいする批判が、モダニズム（近代主義）的な論立てで、「第二芸術論」「短歌滅亡論」として鋭く噴出していた時期でもあった。

桑原武夫は、短歌総合雑誌『八雲』の、一九四七年五月号で、「短歌の運命」を書き、その評論のしめくくりで、「複雑な近代精神は三十一文字には入りきらぬものであるから」「短歌は民衆から捨てられるということになるであろう」、そして、「日本人は萬葉や古今や茂吉や啄木」のよった「同じ形で自己を表現しなくなるであろう」と結んで、短歌の命運のもはや尽きたことを宣告したのであった。桑原武夫は、この評論の中で、岩間正男の、

秋茄子のつやつやしきを今朝も剪るさきはひながく今は保たな
身をもて行ふとなく言ひいづる彼が真実にかゝはりはなし

の二首をとりあげ、「ひとは全教協中央闘争委員長を、この秋茄子の詠嘆のうちにうかがいうるだろうか。……後の歌は……芸術品として甚だ迫力の弱いものとなっている」と批判している。しかし、岩間作品の主潮流は、桑原批判とはあべこべであった。すでに私は「闘争宣言手交し終えて」や「るつぼなすたぎりのなかに」などの「炎群なす」作品例を引用した。それは、新しい清冽な抒情精神に満ちた「たたかう短歌」であった。桑原武夫は自説に都合のよいものだけを引用して、その批判を岩間短歌全体におしつけている。これでは、岩間短歌の本質の批判には到底なり得ないのである。

「第二芸術論」は、太平洋戦争下の歌人たちの、なだれを打ったような戦争賛歌への不甲斐なさにも、その批判が向けられていたが、岩間正男がこの時代に、北原白秋にかわって編集していた『多磨』に発表した評論について、いかなる近代短歌史も注目していないが、重圧の時代の中で、じつに思い切ったことを主張していたのである。たとえば、太平洋戦争開始直前の執筆と思われる、『多磨』一九四一年十二月号の「歌壇の沈黙層」(『追憶の白秋・わが歌論』所収)では、次のように述べている。「息詰まるような時局の緊迫のもと」で、「短歌翼賛」や「勤皇短歌論」への「追従的な便乗論」に対して、「正当な批判」が行われないのは、歌壇の「背後の強権的なものへの怖えである」と同時に、「事勿れの無抵抗主義」であると、鋭い批判を展開しているのである。プロレタリア歌人たちはすでに渡辺順三のように筆を折っていたし、また獄に送られてもいた。こうした時期に、岩間正男が白秋の『多磨』によりながら、このような近代短歌史の汚辱の頁への落ち込みに立ちふさがろうとしていたことも見落としては、戦後の岩間正男の炎群の短歌のありようを、本質的に見定めることは出来ないのである。この意味で、桑原武夫の岩間正男批判は、とり急ぎの粗雑さをもち、岩間短歌の浅読みの所産となっている。

岩間正男は、桑原武夫などの批判にたいし、これを正面から受けとめる立場に立った。その上で、「もともと亡びきれないものをうちに蔵する短歌であるなら、二、三の滅亡論などでどうともなるものであるまい」とし、このかつてない短歌の試練期にあたり、「何よりも要求されているものは、歌人そのものの自己変革であり、実践である」（歌集『風雪のなか』「あとがき」）と主張し、短歌への確信を表明した。そして、

ほろびよと人の言えればそれもよしほろびの後に興りくるものを待つ

と歌った。岩間正男のこの立場は、「第二芸術論」者の側から見れば、極めて手強いものであったはずである。それは批判者を包み込んだ反批判だからである。

岩間正男は、このような立場に立って「たたかう短歌」（改訂版『炎群』所収）を提唱した。その基本は、思想に行動性を、短歌に実践性を回復することの主張であった。この評論は次のような言葉で終わっている。

『たたかわざる文学』の敗北をみてきたこの目は、同時に『たたかわざる短歌』

の行末をも鋭く見つめているのである。短歌を腐敗と自瀆から守り、真に時代の文学たらしむるために、われわれはたたかわねばならぬ。自我解放のより高いたたかいのみが、ここでも一切を決定する。

この手を見よ──政治家歌人として

岩間正男が国会に出てからの政治情勢は、急速に反動化の方向を強めていった。社会党の片山内閣や芦田連立内閣は、いずれもアメリカの占領政策に忠実で、反人民的な政策を推進した。日本経済をドル支配体制にくみ込み、独占資本の復活をいそぎ、行政整理や企業整備が強行されようとしていた。岩間正男は、こうした戦後第一次の反動攻勢の中で、日本共産党に入党したのである。一九四九年二月のことであった。

進まねば退くほかないところまでぎりぎりぎっちゃくのそのところまで

昂（たか）ぶりも逡（ため）らいもなしといわば言い過ぎんこの夜入党宣言ひとり書きつつ

これは、歌集『風雪のなか―戦後三十年』の「新生」の章の先頭にすえられた「入党宣言」と表題した二首である。岩間正男の短歌は、師の白秋に似て、全体として均整のとれたリズム感をもっているものが多いが、この二作品は異例の破調と言葉づかいである。反動攻勢に激しい闘争心を燃やしながら、意を決して、党とともに前進しようとする、溢れる思いがよく表れている。

国会で政府を追及する岩間正男

岩間正男が議員として活動した時期は、サンフランシスコ条約、安保改定、日韓条約、沖縄協定と相つぐ、まさに日本の戦後史の激動のまっただ中であった。国会では、文教委員、予算委員や内閣委員などとして活動した。教育問題はもちろんのこと、米軍基地問題なども積極的に国会でとりあげて政府を追及し、米軍基地反対闘争の発展に貢献した。

大衆闘争の波が国会をおし包むたびごとに、岩間正男は、参議院の議員面会所に立って、生活、権利を守り、日本の平和と民主主義を守るために闘う人びとを激励し、その一体感の中で、さらに政治の場での心を奮いたたせ、短歌作品として結晶させるために心を磨いだ。

二度と子をうばわんものへのいかり持てば辛くせつなき日本の母
日本の母の願いをこめて吹けこめてひびけと平和の鳩笛
一人ひとり思いこめつつ握る手の限りなければ血がにじみ来ぬ（歌集『蒼天』）
うれしき悲鳴ともいうべし日に夜をつぎ握手に腫れて疼くこの手は
夜半をさめてうづく指の節ぶしよ大衆とのつながりというをまたも思いぬ（歌集『風雪のなか―戦後三十年』）

あとの二首は、一九六五年六月の日韓条約をめぐるたたかいの時のものである。岩間正男は、日本共産党を代表して、国会での反対討論に立った。連日のデモの人びととの握手で手が腫れて包帯をしていた。その包帯をした手を、総理大臣佐藤栄作の方に突き出しながら、「国民の声を聞け」と迫力に満ちて追及した光景は、私にとって今も忘れがたい。

作歌を続けることこそ、師白秋の恩愛にこたえる道と考え、「たたかう短歌」も提唱してきた岩間正男であったが、国会におけるきびしいたたかいの連続の中で、さすがに作歌が断続し、歌われるべくして歌われなかった無念さが、岩間正男の胸底にうずまいた。

体力の限界をこえてたたかいし安保沖縄国会みな歌ならず

岩間正男は、一九七七年七月、二十七年間にわたった議員生活を終わって退職した。国会は永年勤続議員として表彰し、その力闘をたたえた。岩間正男は、古巣に戻るような感じで、新日本歌人協会に正式に入会した。

回想のなかの岩間さん

岩間さんの家の庭には、牡丹の木がたくさん植えられていた。花どきには、近所の人たちも見にくるほどの見事さであった。岩間さんがまだ病床につかない頃は、牡丹づくりの苦労話をよく聞かされることがあった。岩間さんは若い頃から牡丹が好きであったらしく、若い教師時代の作品にも牡丹の歌がよく出てくる。北原白秋も牡丹好きで、『牡丹の木』という歌集さえある。岩間さんの話は、庭の牡丹の話から白秋の歌に及び、成城学園での闘争に及び、さらに戦後の教職員組合運動に及んで、尽きることがなかった。

一九八三年の、ある夏の日のことが忘れられない。国会議員を退職されてから、岩間さんは病床に臥すようになった。ある日、私は久しぶりに岩間さんのお見舞いにいった。八三年の七月十日であった。私がその日を覚えているのは、その日に岩間さんから、「万一のことがあったら読んでほしい」と言われて、一通の封書を渡されたからである。それは、遺書を意味していた。岩間さんはこの頃から、死の予感があったのかも知れない。私は、部屋の壁や柱につかまり、足を引きずるようにして、玄関まで私を見送ってくれた岩間さんと、重い心で別れた。この日の印象が強烈だったため、私は何首もの歌を作っている。

岩間さんが亡くなった日の夜、私は六年前に預かっていた封書の封を切った。そこには、遺歌集のこと、教職員組合運動のこと、そして、病むこととの無念さなどがこまごまと書かれていた。その日付は、私が封書を受けとった時のさらに一年前、一九八二年八月のものであった。私は多忙さにまぎれ、一年間も岩間さんに会わずに過ごしていたのである。それを思いながら、私の心は痛んだ。

岩間さんは最後まで、教師であり、政治家であり、歌人であった。八三年頃の歌に、

北上の河畔の町より訪ね来て教児ら六人(むたり)今は老いたり

という一首があった。もしかすると、この人たちは、わずか五銭の紙代もおさめら

れず、「そのなげきをぼそぼそと作文にもら」して、若き教師岩間正男をかなしませた、かつての教え子たちであったかも知れない。この一首は、岩間さんの教師としての生涯を要約したようなものに思えて、記憶に残っているものである。

岩間さんのことを思うとき、どうしても忘れられない一首がある、それは、

銃眼に身をふさぐごとき思いもて過ぎしたたかいのとき長かりき

という、長い議員生活をふり返っての感慨をこめた歌である。日本共産党の議員が、参議院でわずか二名、四名といった時代に、岩間さんは、敵のトーチカの銃眼に、からだごとかぶさって蓋をするような必死の思いで、質問にも立っていたのである。岩間さんの出棺の際に、党の副委員長であり、参議院議員団長だった上田耕一郎さんが、「送る言葉」の中でこの作品にふれ、「たたかう歌人である岩間さんだけが言える、しかし、当時の党の議員の活動の困難さと、その英雄主義を見事に喝破した表現」だと賞賛されたことは、強い感銘として今も私をゆすってくる。

火葬場で、私は三十年ぶりに白秋の子の隆太郎さんに会った。昔、白秋門下の松本千代二さんが、『運命愛』という歌集を、私の友人の出版社から出したことがあった。その出版記念会に、友人に誘われて一緒に出た時、はじめて隆太郎さんに会った。その頃隆太郎さんは、京都大学の大学院生で哲学を勉強していた。

隆太郎さんは、「おやじが一番信頼していたのは岩間さんでしたよ」と、何の前ぶれもなく私にささやいた。隆太郎さんは、会葬の人びとが、岩間さんの柩と最後の別れをする間じゅう、般若心経（はんにゃしんぎょう）を唱え続けてくれた。

炎群の歌人の岩間さんが、火に燃えてその姿かたちを変え、鉄扉（てっぴ）の中から出てきた時、私は隆太郎さんと岩間さんの骨をはさみ合って壺におさめた。

歌人として、政治家として、一筋の道を生き通した岩間さんの骨は、真白で、花びらのように美しかった。

—二〇〇八・二・五—

4　八坂スミ論——高齢、生きることの重みを歌う

生きることが
反戦平和につながれば
わたしは生きる
　這(は)いずろうとも――。

この作品は、第十八回多喜二・百合子賞を受賞した八坂スミの第三歌集『わたしは生きる』（一九八五年十一月）所収の作品である。著者は、九十四歳であった。かくも高齢で、人間の生きることの真実の意味を、これほど平易な言葉で、昂然として歌いあげた歌人は、戦後短歌の歴史の中でも稀なことである。

一九七〇年代後半の反共攻撃の強化と一体となった軍事ファシズムへの道をひらく、

戦時＝有事立法の策動の中で、石井百代が歌った次の歌（「朝日歌壇」一九七八年八月十八日）、

　　徴兵は命かけても阻むべし母・祖母・おみな牢に満つるとも

とともに、八坂スミの「生きることが」の歌は、戦後民衆短歌の双璧として、今も広く、平和と民主主義を愛する人びとに、愛唱されてやまない作品である。

民衆短歌における反戦の系譜は、遠く日露戦争時代の社会主義新聞『平民新聞』の「平民短歌欄」にまでさかのぼることが出来よう。十五年戦争下では、自覚的、民主的な一群の歌人たちは、時流に流されず、多くは治安維持法の名の下に投ぜられた獄中で、あるいは特高警察の監視下で、ひそかに反戦の短歌を書き継いできた。その歴史と伝統の旗を受け継ぎ、新日本歌人協会は、戦後七十年をこえて、現在に及んでいる。

八坂スミの短歌は、そうした反戦・平和の歌の歴史を負った、新日本歌人協会が生み出した「誇るべき宝」（赤木健介）である。

八坂スミの生涯と、その作品についての研究は、残念ながら皆無に近い状況である。私もその責任の一端を負いながら、率直に怠惰の謗り（そし）は免れ（まぬが）難いところである。歴史の中での、われわれ自身の立ち位置を明らかにし、前進するためには、幾たびも、来し方を振り返りつつ、「今」に到った道を明らかにし、深く認識しなければならない、と思うからである。

本稿は、そのためのささやかな試論である。

（1）

八坂スミ（本名石塚ルイ）は、一八九一（明治二十四）年四月、福岡市博多で、父吉田平助と母ナオの七人の子の末子として生まれた。当時、父は質屋、母は旅館を経営していた。家柄は古く、代々、黒田藩五十四万石の御用商人で名字帯刀も許されていたというから、豪商であったということが出来よう。

ルイは七歳の時、同じ博多で仕立屋をする石塚善助・エイ夫婦の養女となった。実家が急速に没落する中で、養家では、職人や内弟子、通い弟子六、七人をかかえ、安定した生活をしていた。ルイは、小さい頃から「天皇」を不可解な存在として疑問をもち、また弱者への同情や、差別感への憎悪を育てていった。ルイの養家は明治の典型的な家夫長制の家であった。

八坂スミが、まだ石塚ルイであった時代のことを、八十五歳の時、手づくりの随想文集として出版した『迷路なき人生』（一九七六年十二月）の中で、「少女時代からの疑惑を解いたマルクス主義」と題した文章で次のように言っている。

読むことも書くことも自由にはできず、少女時代から好きでした文学――小説、短歌、詩――なども、夜半人知れずランプをかこみ、そのほの暗いなかで読んだり書いたりして、女子文壇等当時の文芸雑誌に投稿しますにも、仮名で分らぬようにしたものです。若しばれますと不良呼ばわりされるしまつでした。（一二八頁）

八坂スミは、女学校を出て二十歳(明治四十三年)の時、肥料商を営む旧士族の家に嫁いだ。明治末期とはいえ、商人の家よりも、士族の家には、いまだ厳然とした家夫長主義が居すわっていたことであろう。八坂スミは、前述の随想文集の中で、当時を回想した、次のような歌のメモを残している。

くるくると
くちさきでまわされる、コマだった
そのときわたしは、嫁という名で。

ふと知った
らいてう女史の、青鞜社
胸いっぱいの、あこがれとなる。

ものおきの
かげで読んだ、婦人公論
とりあげた夫の、けわしい眼のいろ。

青鞜社が創立され、女性解放と自我の確立を主張した機関誌『青鞜』が創刊されたのは、八坂スミが嫁いだ翌年一九一一（明治四十四）年の九月である。また『婦人公論』は、五年ほどおくれて一九一六（大正五）年一月に、リベラリズムと女性の権利拡張をめざして誕生した雑誌である。

八坂スミは、妻が夫の隷属物の位置におかれていることに耐え切れず、結婚十三年後の一九二四（大正十三）年に婚家を離れた。これは合意離婚ではなく、八坂スミの一方的な単独行による家出であったように思われる。

大正デモクラシーの波しぶきをあびて、八坂スミの心は、イプセンの戯曲「人形の家」のノラと共通するものだったと想像される。それは、妻である前に、一人の人間として生きることの自覚であったろう。そのようにして、おのれの心の弱さを断ち切っての家出であったにちがいない。そのことは、八坂スミの後の回想の中で、結婚生活で十三年間を「空費」したとして、苦にがしく書いていることでもわかる。

婚家を去った八坂スミは、とりあえず、すぐ上の姉の家に身を寄せた。間もなく関東大震災が起こり、一ヵ月ほど後に、意を決した八坂スミは、汽車の不通区間は歩くなどして上京していくことになる。それは、ルイが、八坂スミへと変貌してゆく、第一歩であった。

(2)

八坂スミは、震災後の東京で、早稲田大学に通う姉の子どもがその友人たちと、一戸を借りて生活をすることになったので、食事の世話などをしながら、会社事務員の仕事を見つけて働いた。三年ほどたつ間に、就職して出てゆく学生と入れかわるようにして、立教大学に通う一人の学生が入ってきた。この学生が、のちに八坂スミの養子となる宜平である。学友に福島県生まれの不屈の日本共産党員吉田寛がいた。治安維持法下の吉田寛の活動については、作家山岸一章が『革命と青春―戦前共産党員の群像―』（新日本出版社・一九八五年七月二十日）の中で、緻密な発掘作業によって書き止めている。

おそらくは、二人の思想的影響を強く受けたであろう八坂スミは、急速に社会主義運動、労働運動に接近し、マルクス主義文献を手当たり次第に読み、「赤旗」や『戦旗』（全日本無産者芸術連盟＝ナップ機関誌）などに目をさらした。こうして八坂スミは「少女時代から抱いていた天皇への疑惑や社会の矛盾を解明することで、心の眼を開いて」いったのである（第一歌集『野火』「あとがき」）。昭和期に入り、治安維持法下の苛烈な弾圧の中で、八坂スミの住んでいた家は、非合法下の日本共産党の活動家のアジトとなったりした。八坂スミは、党活動家にとって信頼すべき支持者となっていった。

一九四五年四月十三日の大空襲で、苦労して開業し、ほそぼそ営業していた古本屋も全焼し、四月末に北海道浦河に疎開、ここで敗戦を迎えた。一九四七年春に東京に戻った。それ以来、新宿区や埼玉県の南部地区でのたたかいの中で、「多くを学び、人間としての真実を守って生きることのよろこびを深く知」ることになったと、第一歌集『野火』（一九六八年五月一日）の「あとがき」で書いている。

やがて、埼玉県戸田町（現戸田市）での、一人暮らしの自家を開放しての十二年間に及ぶ、学童保育の献身的な活動などが展開されたのである。

渡辺順三は、八坂スミの第一歌集『野火』の「序」で、次のように言っている。

「八坂さんは戦前からの解放運動の協力者であり活動家であった。そして戦後はいうまでもなく日本共産党員として……献身的な活動をつづけてきている」

「（高齢にもかかわらず）精神的健康さ、つねに前向きの姿勢で真実を求めてやまぬ逞しさには、おそらく何人も脱帽せざるをえないであろう。」

八坂スミ没後すでに三十二年が経っている。渡辺順三が述べた八坂スミの作品評価の核心の言葉は、今の時代を生きる私たちに、強い説得力を及ぼしている。

(3)

第一歌集『野火』は、文語定型作品を集めたものである。一九六一年から一九六七年までの作品三百四十首を収めており、七十七歳の時の出版である。「赤旗」歌壇に投稿した、いわば習作時代といってよい。当時、渡辺順三が選者であったから、その影響のもとに作歌を持続したと思われる。

月の裏側の写真も見らるる世に生きて七十年のいのちいとしむ
聖戦と呼び君国のためといえど戦うことうべないがたし人民われら

前歌は、歌集『野火』巻頭の歌であり、後歌は、歌集の最後におかれた歌である。二つをくらべると、その歌う姿勢と表現にやはり、発展のあとを感ずることが出来る。前歌はいかにも初心者の感じがある。しかし後歌の「いえど」や「戦うことうべないがたし」には、文語表現における言葉の用い方の要心が見られ、またそのリズムは、文語定型のワクをはみ出ようとしている気配をもっている。

渡辺順三は六〇年代のはじめ頃、「赤旗」歌壇投稿者を中心に、小金井の居宅を会場に隔月に「アカハタ短歌会」を開いていた。

主婦学生若きも老いも党に拠り歌作る仲間つどいてたのしき（一九六三年）

八坂スミは、この三年間にわたって開かれた歌会に、遠く所沢から欠かさず参加し、渡辺順三にじかに接し、作歌の上でも、思想の上でも、とりわけ人間的にも大きな影響を受け、順三に対する敬慕の念を強くしていった。

一九六三年六月中旬、渡辺順三は沼津西椎路に開設した解放運動老人協同ホームの運営責任者として、妻とともに入居することになったため、「アカハタ短歌会」も幕を閉じることになったのである。八坂スミも一年後の時期に入居している。ところがいくばくもなくして順三は、ホームの濡れ縁から転落して骨折、入院ということになり、四ヵ月後の十月上旬には東京に戻らざるを得なくなった。

『野火』の巻末近くに、「老人ホーム日々」と題する二十七首がある。その中より、

僅かばかりの銭大切にもち入居せりわが老人ホームも資本主義下にして
愛鷹山(あしたかやま)は緑に冴えて向かい建つわが老人ホームに息吹き送り来
生くるには愛しき老いのひとときを老人ホームの庭に草抜く
まちまちの老いにも同じねがいあり戦争はごめん、老齢年金ふやせ
山荘の老人ホームにわが住みて米の値忘れ飯食みており

これらの作品は、大くくり的にいえば自然詠的な範疇に入るものであろう。第一首目は社会的な目の拡がりがあるように見えるが、私には現実感が不足して感じられる。しかし、『野火』の中には、次のような作品群があって注目される。

いくたびか訪れて得し一票は珠玉得しごとくわれをはげます
わが手より大きくかたい友の手に農婦五十年の量感重し

点滴の輸血の色よ目に痛しこの血は失業者の血か勤労学生の血か

気負い立つ烈しさは老いになけれども静かに燃え続けん野火のごとくも

セクト持たず誇り失わず平凡な大衆のなかのおばあちゃんでありたい

これらの作品における対象への接近は直接的、生活的であり、具象的である。作品におけるリアリティは力があるといえる。

総じて、八坂スミにおける文語定型律による表現の深化と発展は、口語自由律という、新しい地平をひらくことに向かっての、欠くことの出来ない土台の作業であったといえる。言葉をかえれば、口語自由律において、文語定型表現の修練はきわめて重要であり、それは飛躍への契機を秘匿（ひとく）しているものといってよいであろう。渡辺順三においても、佐々木妙二においても、また矢代東村においても、指摘できることである。明治の石川啄木においては、そのことを見事なほど証だてている。

私はさきに、八坂スミの婚家を去ったことが、『人形の家』のノラを連想したことについて書いた。久しぶりに読み返した『野火』の中に次のような歌があって、びっくりした。

若き日にノラの勇気をもたざりし悔いをもちつつ年老いにけり

この歌を読むと、あらためて婚家にあった十三年間を「空費」したことへの悔恨が、いかに深かったかを知るのである。

(4)

愛鷹山を仰ぐ位置にあった、沼津西椎路の解放運動老人ホームで、渡辺順三膝下で短歌を学ぶことを、老後の最大の喜びとしていたにもかかわらず、順三の思わぬ右大腿骨骨折による入院、治療、そして再び東京に引き返すという事態にぶつかり、すれ違い状況となって、大きな失望を感じたであろうことは、想像に難くない。しかし、順三がある限り、もはや「歌の別れ」をすることは出来なかった。八坂スミもやがて老人ホームを出て、埼玉県の戸田町へ帰っていった。新日本歌人協会にあらためて入会し、自らの短歌の再生を期して決意をかためたのである。今までの文語定型歌と別れ、口語行わけ表記による自由律短歌へと歩み出したのである。

この歩みの軌跡は、八十七歳の時に出版した第二歌集『新陳代謝』（一九七八年十一月刊）に印象深く表現されている。「高齢に生きて」（一九六八年）と題した次の表題歌七首が先頭にすえられて五三〇首を収めている。

こんなにもでると思わなかった
　耳垢——
まだまだ生きられるのだな
この新陳代謝。

口語行がえの短歌については、習作の時代ともいうべき歌集『新陳代謝』の巻頭から、このような見事な作品に出合って戸惑う。八坂スミは、口語行がえの歌について、先行する歌人、たとえば渡辺順三、佐々木妙二、赤木健介などの作品を、よく読み、理解を蓄積してきたことを推測させるに十分である。

しかし、すぐれた作品は、この歌集の半ば以降に多く含まれている。

少しひもじい
生きる証しかいのちに押され
ひょろひょろ立ってかゆの米磨ぐ。

梅が咲き、柳が芽吹く
庭のある——
ふるさと持つ歌、ちょっと嫉ましい。

既にふた月

熱もつからだ、ふとんに沈め
だめか——と思い、なんの——と思い。

たたかわねば
生きられない底辺にいて
可愛らしいばばにはなれそうもない。

ところで、この歌集の最大の注目点は、一九七四年作の「アジトの思い出」三十首の作品群である。「故吉田寛氏のこと」と副題されている。死刑を含む悪法治安維持法下で、戦争に反対し、働く者のいのちと暮らしを守るために、命を堵して闘っていた日本共産党員に、アジトを提供していた頃を回想し、戦前に死んでいたことを、戦後三十二年も経った、一九六五年に知ることになる。その衝撃と慟哭を歌ったものである。「無名の共産党員」ながら、「すぐれた同志」であった（山岸一章前掲書・六六頁）吉田寛が、八坂スミのアジトを出て九州に向かったのは、一九三二（昭和七）年五月であった。八坂スミは、その時吉田寛が残していった机、ふとん、柳行李を守って、転居のたびに持ち歩いて、守り続けたのであった。

アジトを出た吉田寛は、五ヵ月後の十月上旬、スパイの手によって九州八幡で検挙された。

山岸一章の前掲『革命と青春』は次のように書く。

　約五十日も野蛮な拷問をうけましたが、組織の秘密は一言もしゃべらなかったので、再建途上の党細胞（支部のこと・引用者）と、全協組織（日本労働組合全国協議会の略称。国際的な組織ともつながりをもった、戦闘的な労働組合組織・引用者）もまったく被害がありませんでした。

　吉田寛は懲役五年六ヶ月（未決通算五百七十日）の刑をうけて服役中、結核性腎臓炎が悪化して保釈になり、郷里（福島県・引用者）で自宅療養中、遠縁の吉田千代子さんと結婚したが、腎臓結核に嗜眠性腫炎を併発して、一九四四（昭和十九）年三月十七日、三十七歳七ヶ月で亡くなりました。（山岸一章・前掲書七

二頁〜七三頁）

少し長い引用であったが、「アジトの思い出」を深く理解するためには必要な資料と思うからである。

何も言わず、頷（うなず）いたアジト
四・一六で、検挙された息子の
その学友というだけで。

息子が呼ぶ
かんさんという名は、本名か
仮名か、わたしも、かんさんと呼ぶ。

拷問の

そろばん玉の傷あとを
ふと脛(すね)に見た、ときの昂ぶり。

不備ながら
国禁の血は持っていて
アジトを守るに、わたしは一途。

一どだけ、振り返ったが
そのあとは
振り切るように、行ってしまった。

その朝の、アカハタ抱きしめ
泣き伏した
あなたは既に、故人との記事。

悔のごと、横ぎる思いは
貧しきゆえの
心に充たぬ、アジトのもてなし。

「アジトの思い出」は、一九七四年の「赤旗」と『文化評論』による文芸作品コンクールに佳作入選したものである。

話はとぶが、戦後、吉田寛の妻千代子は、七年間の結婚生活を共にした夫の遺志を継ぎ、日本共産党に入党し、党の福島県委員会の常任委員として活動し、また、新日本歌人協会にも入会し、長く作品を発表した。

こまかな年次は思い出せないが、八坂スミと吉田千代子は、その後劇的な出会いをする。その時、吉田千代子から贈られた、吉田寛の遺影を、八坂スミは終生部屋に飾って、遠いアジトの日々を回想しつつ、老いを生きる支えとしていた。

(5)

八坂スミの最後の歌集『わたしは生きる』は第三歌集になる。一九七八年から一九八五年の八年間の作品五一八首と詩二編が収められており、九十四歳の時の出版である。この歌集は、口語行がえの自由律短歌として、当然前歌集の『新陳代謝』の延長、発展上にあるものである。

八坂スミの短歌の表記上の最大の特徴は、口語による行がえであることを、私はいくたびも繰り返してきた。『わたしは生きる』では、三行がきが主軸で八〇％近くある。しかし四行がきもかなりあるし、一首だけだが五行がきもある。一九七八年から八二年まで、四行がき作品は平均して一三％ていどであるが、一九八三年からは、四行がきが急増して、作品の三分の一を占めるようになる。この推移は、作品内容とかかわり合わせて考えてみると、なかなか興味深いことである。

養子とした彼も
七十越していて
ことばもしどろに病み伏している。（一九七八年）

一票の
重さにふっと気がつけば
やはりいのちはいとおしいもの。（一九七九年）

生きることが
反戦平和につながれば
わたしは生きる
　這いずろうとも――。（一九八一年）

痺れる手さすりさすり

ペン握りしめ
歌稿書いている
生きの証しの——。（一九八五年）

口語がよく研究され、磨かれている。八坂スミは、年齢を重ねるにしたがって、表記方法について、冒険に進み出ているように思える。感動が作者の内部に充満し、そこから噴出しようとする時、作者は行をたてることによって、その情感を抑制しつつ歌っていくように思える。そうした時、表記上の行数は増加するのではないか、というのが、私のもっている仮説である。

表記上の問題で、多くの人が——行分け作者でさえ——気にとめていないものの一つに、作品末尾の句点「。」がある。八坂作品の行分け短歌の末尾は、必ず「。」で止められている。これは何を意味するのか。このことについての表現上の理由は、八坂スミはどこにも書いていない。渡辺順三、矢代東村、佐々木妙二、赤木健介などの口語行分け作品も、すべて最終行末は「。」で、きっちり閉じられている。こうした表記法の源流は、石川啄木の『悲しき玩具』であることは明らかである。『一握の砂』にくらべ、作品表記法については、格段に発展したのが『悲しき玩具』である。「。」とは、余韻や余情を尊んだ伝統的短歌をのりこえようとした啄木の革新的意図を含むものであった。しかし、前記の先輩歌人たちは、誰も、行分け短歌の最終行末に「。」を付す意味について、論じたものがいないのは、いかにも不思議である。八坂スミは、無意識に、尊敬する先輩たちの表記法を受け継いだのかも知れない。私はかつて「『悲しき玩具』における真実――表現の『自由』への苦闘」(『石川啄木―風景と言葉』所収。光陽出版社・二〇一二年三月)でこの問題について考えたことがある。関心のある方は、それを読んでいただければ幸いである。

　這うこともできなくなったが
　　手にはまだ
平和を守る一票がある。(一九八二年)

欠け背骨常臥(とこぶし)の身にも
反核の
思いは燃えて九十三歳となる。（一九八四年）

党に拠り
幾十年も歩いてきた
平和への道
わたしの進路。（一九八五年）

前述した八坂スミの作品表記の問題を、八坂スミ短歌の第一の特徴とするならば、第二の特徴は、その作品内容が、徹底して社会や政治、人間のくらしを対象としており、進歩と革新の立場に立って歌い続けられている、ということである。このことは、八坂スミの年齢との関係で考えるならば、じつに驚くべきことといえる。この旺盛な社会的関心は、高齢化社会に生きる私たち後進にとって、学ぶべき重要な点であろう。

自室にて八坂スミ

第三の特徴は、八坂スミ作品には、純粋自然詠というものが、ほとんどないということである。八坂スミにとっての最大の関心は、人間であり、社会であり、政治であった。この点で、八坂スミは、伝統的短歌の引力圏からもっとも離れた地点に立っていたといえる。それは、明日の短歌を創造する地点とも深くかかわっている。石川啄木が純粋自然詠をほとんど残さなかったことと思い合わせて、深い感銘がある。

八坂スミの最後の歌集『わたしは生きる』の最大の不思議は、病床、老齢を歌いながら、その作品がいささかの悲鳴もあげていないことである。そのことは、すでにあげてきた作品によっても、十分立証できることである。それは何故なのか？　私はその秘密は、八坂スミの生きがいの原点に日本共産党が確固として存在しており、その思想に確信をもっていたことによるものと思っている。

『わたしは生きる』の中に次の一首がある。

朗らかだとばばたちが言う
わたしだとて孤独ただ
共産党員というだけのこと。（一九八二年）

さりげなく歌ってはいるが、この一首には八坂スミの作品世界がもつ、純粋で透明な明るさの根源が語られている。

八坂スミの最後の歌集『わたしは生きる』は、一九八六年、第十七回多喜二・百合子賞の受賞に輝いた。

(6)

一九八六年四月四日の「赤旗」文化欄で、私は、佐藤静夫（文芸評論家）と松田解子（作家）の、今は亡き敬愛する二人の先達と、八坂スミの多喜二・百合子賞受賞作『わたしは生きる』をめぐって語り合ったことがある。その時の印象的なそれぞれの言葉を記しておきたい。

（前略）

佐藤　八坂さんにとって歌をつくることは、生活をつくることなんですね。口語は生活のうみ出した言葉で、口語のリズムは生活のリズムだろうと思います。そして、その生活が革新と進歩にむけた思いに満たされているときに、まさにその生活のリズムが八坂さんのリズムになっていく。昂揚した気分になったときに行変えが多くなるというのも、口語のもっている生活のリズムが、八坂さんの心の中の生活をつくっているということのあらわれでしょうね。

碓田　純粋自然詠がないのも特徴ですね。石川啄木も自然詠が少ないのですが、無理して歌わないのではないところに、一つの特徴がありますね。

松田　そうね。自分の関心事が、きょう天気がよかったとかカラスが鳴いたということではない。生きるということが、自分の生活を含む歴史をつくることになるんだという確信が、しみこんでいますね。主権者意識が実にこなれています。主権者として思ったこと、感動したこと、怒りをストレートにだして、詩になっている点に感心します。

そこに、小説とは違った短詩型文学のもつおそろしさを感じますね。

佐藤　実に政治への、また社会への関心が深くて広いですね。中曽根自民党政治の悪政から、世界政治のことまでね。あのお年で、大変なことだと思います。生活保護をうけていて、つらい現実をうたいながら、しかし心に未来への確信とゆとりがあるんですね。たとえば、「耐えることも／たたかいのひとつ——かと

／差別する医者に／冷笑送りつつ被保護のわたし。」という厳しい現実が一方にありながら、「テレビ体そう真似ようとして／手をひろげ背なか曲げるとき／ころんでしまった。」と歌ってるんですね。こういう闊達（かったつ）な八坂さんの姿がよくでていて感銘をうけますね。

（中略）

松田　「ヤス・ロンでますます深まる／核戦場化／これが平和を希う／わが日本の姿か。」こういう歌を読むと、この人の願っていることがはっきりわかるのね。いろんなつらいことがありながらも、ぐちを言わず、決して敗北感がない。「生きることが／反戦平和につながれば／わたしは生きる／這いずろうとも──。」これなど「徴兵は命かけても阻むべし母・祖母・おみな牢に満つるとも」（石井百代）と双璧ね。

碓田　生き方に甘えがないんですね。九十歳を越えての孤独というのは大変なことだと思いますが、甘えず、明るく、未来に確信をもって歌っている。それが、読者の心に深くしみとおる深さをもっている。今後も大いに活躍を期待したいですね。

八坂スミは、一九八六年十二月二十一日、九十五歳の生涯を閉じた。最後に、八坂スミが老後をかけて残した四冊の著書の一覧を付して、本稿を閉じたいと思う。

第一歌集『野火』（一九六八年五月）　七十七歳
エッセイ集『迷路なき人生』（一九七六年十二月）　八十五歳
第二歌集『新陳代謝』（一九七八年十一月）　八十七歳
第三歌集『わたしは生きる』（一九八五年十一月）　九十四歳

5　革新的弁護士・歌人　矢代東村（やしろとうそん）

はじめに

私は日在浜(ひありはま)を一直線に歩いていた。十月の外房州の海は黒くもりあがっていて、海の恐ろしいまでな情熱が私をコウフンさせてしまった。只、海と空と砂浜ばかりだ。それもあたりは暮れそめている。この大自然を見ていると、なんと人間の力のちっぽけな事よと思うなり。

これは、林芙美子の『放浪記』(第一部。岩波文庫・一六七頁)の一節である。日在浜とは、矢代東村の故郷である外房州大原(現いすみ市)の海岸のことである。

この海岸に沿った松原を背に、海浜公園があって、そしてその一角に林芙美子の、この『放浪記』の文学碑がある。これをはさんで左手に、森鷗外の『妄想』の中の日在海岸にかかわる一部を刻んだ碑があり、右手に、長方形の黒御影石に、『国民文学』の松村英一の筆によって刻まれた矢代東村の歌碑が建っている。

潮風に
ひがな一日
吹かれてる
ここの岬の
芝草のいろ

この作品は、矢代東村が弁護士となって一年ほどした、一九二三（大正十二）年、三十四歳の時のものである。

私がこの歌碑にはじめて出合ったのは、一九七〇年代のはじめ頃で、今から四十年以上も昔のことである。当時、「しんぶん赤旗」で、「歌碑をたずねる」という小さなカコミのエッセイを水野昌雄と交互に連載しており、私はその手はじめに大原町の矢代東村歌碑を選んだのであった。その頃、この海岸沿いの松林の中に、国民宿舎大原荘があって、殺風景な庭先にポツンと歌碑はおかれていた。幅一・二メートル、高さ〇・八五メートルの小ぶりな碑面の歌を読みながら、「ひがな一日」という、ひなびた表現に感心したのを思い出す。一首全体が平易でありながら俗におちず、ゆったりとして気分が作品全体に滲んでいたことが強い印象となって残っていた。国民宿舎がなくなったのはいつのことか知らない。町村合併によるあらたな海浜公園の造成で、矢代東村歌碑も現在地に移されたものであろうか。

矢代東村が口語行わけ表記に本格的に移るのは一九二三（大正十三）年というから、「ひがな一日」の歌は、文語定型歌から、本格的口語行わけの作品に移行する、その狭間（はざま）に位置しており、弁護士・歌人・矢代東村が本領発揮の時代に進むその標識灯のようにも思えた。

(1)

矢代東村は、一九一〇(明治四十三)年、二十一歳の時、東京府師範学校(のちの青山師範学校)を卒業し、小学校の教員となった。第一歌集『一隅より』は、前田夕暮の白日社に入って歌人としてのスタートを切った大正元年、二十三歳から、口語歌をはじめた大正四年、二十六歳までの作品が収められている。このころの矢代東村の作品傾向や思想は、この歌集の「序」で、前田夕暮が面白く表現している。

歌集「一隅より」!
ここにうら若い「都会詩人」がゐる。
黒い帽子を被って、
黒い服をきて、
黒い靴を穿いた彼!

彼はニヒリストで、
エナメルのように光って、
早いテムポで、
ぐんぐんと道を歩いてゐる。
さよりのやうに敏感で、
灌木の梢のやうに神経を尖らせ、
ピストルの弾丸のやうにすばしこく、
肝癪玉のやうに破裂する。

夕暮一流の感覚的表現であるが、この時代の矢代東村評としては、かなり本質をついたものである。『一隅より』の後半部分には、教員生活を歌った作品が数多く並ぶが、前田夕暮がニヒリストと言った矢代東村は、次のような作品を残している。

三十円の俸給を貰ひ天皇陛下のありがたきことを教へ居るかも

うら若き青春の日を日本に小学教員なせるわれはも
洋服はすれて光れりその顔はつかれて青し教員あはれ
啄木は二十七にて死にしてふ来年はおれも二十七なるに

ここには、自嘲や焦燥感と、出口の見えない不満と憤りが歌われている。「三十円の俸給を貰ひ」の歌は、長く作者自身のことと私は理解してきたが、小野弘子著『父矢代東村』（短歌新聞社・二〇一二年四月刊）で、「三十円」についてのくわしい考証があり、当時の小学校教員矢代東村の給料は「大正七年度には、平均月俸額は二十五円七十二銭」であり、「三十円の俸給を得ていたことはあり得ない」（九三頁）としている。つまりこの歌は、「他者（上司）の教育姿勢を批判したものであり、自身のことではない」（同頁）と結論している。私はこの考証に異議をさしはさもうとは思わない。ただ時をこえて、今この作品を読む時、少しなげやりながら、わずかな給料でありがたくもない天皇陛下の、ありがたさを子どもたちに教えている、という自嘲と自己嫌悪的な受けとり方のほうが、リアリティをもってくる、と私は考えている。

前田夕暮は、前述の歌集「序」の中で、「彼は啄木を愛し、尊敬し、そして己のなかに啄木をよく生かしてゐた。」と書いてもいたが、矢代東村のそもそもの歌づくりの始まりは、明治四十三年九月十五日から「東京朝日新聞」に、石川啄木を選者として朝日歌壇が設けられた時からであるという。啄木選の作品を見て、「これくらいなら俺も作れる」と考えた小学校教師になったばかりの矢代東村が、何回か投稿したことは、啄木研究家の岩城之徳(ゆきのり)も、その著『石川啄木伝』で明らかにしているところである。矢代東村は、一八八九（明治二十二）年生まれであり、啄木は、一八八六（明治十九）年生まれであるから、東村は啄木より三歳下である。同時代人として、東村が啄木からどのような影響を受けたかについては、のちにややくわしく検討したいと思っている。

啄木が、自らの思想と文学を画期的に発展させた一九一〇年は、「大逆事件」が起こり、「韓国併合」が起こった年である。この年に、矢代東村は小学校教員となり、朝日歌壇を通じて啄木を身近なものとして感じたのであった。

歌集『一隅より』で、「さよりのやうに敏感で」「肝癪玉(かんしゃくだま)のやうに破裂する」「ニヒリスト」の風体をもった矢代東村が、弁護士として社会的な活動を展開しながら、「思想的にもはっきりした方向に進み、当面する社会的矛盾を解決するためには、労働者階級の側に立たねばならないことを理解するようになった。」（渡辺順三『定本近代短歌史』下・七二頁）。

（2）

『日本プロレタリア文学集』第四〇巻（新日本出版社・一九八八年十一月）は、「プロレタリア短歌・俳句・川柳集」となっているが、その短歌の部に、矢代東村の作品三十九首が収録されている。矢代東村が、プロレタリア短歌運動にどうかかわっていったか、という道ゆきを知るためには、なかなか便利である。本格的な弁護士活動が、どのような事件にかかわり、どのように弁護士活動が展開されていったか、という記録はない。その中で、現職の弁護士で歌人でもある柳沢尚武氏が、『法と民主主義』に連載された「矢代東村　短歌で治安維持法体制に抵抗した弁護士」の抜刷（二〇〇六年八月）は、極めて貴重な論考となっている。弁護士活動にからむ矢代東村の作品を検討する際には、この論考は欠かせない。

矢代東村は生前に『一隅より』と『早春』の二冊の歌集しか出していない。未刊の歌集として「飛行船に騒ぐ人々」「パンとバラ」「熔鑛爐（ようこうろ）」「反動時代」「大衆と共に」があるが、矢代東村が全力を注いだ時代の口語行わけ短歌が、歌集として一冊も刊行されていないことは何としても残念である。幸いにも東村没後に編まれた『矢代東村遺歌集』（渡辺順三・香川進編・一九五四年九月）には、「パンとバラ」（大正十二年～同十五年、三一七首）、「熔鑛爐」（昭和三年～同十一年、五六四首）、「反動時代」（昭和十二年～同十七年、五四二首）、「大衆と共に」（昭和十八年～同二十七年、六三四首）の四編が収められている。「飛行船に騒ぐ人々」がないのは惜しまれるが、これに今は亡き小野弘子著『父　矢代東村』を加えれば、苛烈な治安維持法下の弁護士・歌人が、どう表現に立ち向かったか、そして戦後の思想と志がどこにおかれたかの、アウトラインを知るには、十分に近いものと、私には思える。

被告人はさっきから
ずっとしらべられ、
残暑の光
窓に照り止まず―法廷にて―（大正十二年）

『東村遺歌集』の最初に登場する弁護士という仕事と結びついた歌である。事件の性格はわからない。作者はこの被告人の弁護を依頼されたのだろう。歌の気配からの感じでは凶悪犯の被告人とは思えない。それは、作者の心が「残暑の光」に傾いていることによってわかる。しかし、「パンとバラ」の中の大作、「市ヶ谷刑務所」二十一首（大正十三年）になると、俄然、作品世界は思想の影を引いて、緊張感を帯びてくる。

高い塀だ。
刑務所の壁だ。
煉瓦塀だ。

高い高い塀だ。
まだ春も寒い。

監房のうすら冷たい廊下に立ち
あじきなくも聞く
手錠のひびき。

前歌は、口語行わけへのとりくみの初期のものである。第一行をなくし、第四行を第一行にもってきた四行の行わけのほうが、私には好ましい。しかし、矢代東村の、この畳み込みの表現技法は、次第に洗練されていくことになる。その到達点の一つに「ある写真画報」（一九三二年）の次のような歌がある。

広い――
広い――

小麦畑だ。コンバインだ。
快走するコンバインだ。
空は青いんだ。

ところで、この「市ヶ谷刑務所」について、前述の柳沢尚武氏は、「刑務所の見学に行った時の歌」で、「大正十一年十月に監獄官制改正で、東京監獄から市ヶ谷刑務所に名称がかわり、近代化が望まれていた。同時に、未決・既決を含め処遇が大きな問題になっていたとき」で、「弁護士会主催の見学会がおこなわれたのではないか」と推測している。そうしたことを押さえると、前掲二首目の第二行で、「あじきなくも聞く」と歌って、作者が心のヒダをのぞかせていることも理解できるように思う。

昭和10年代の矢代東村

この「市ヶ谷刑務所」の連作の中に「絞首台」と小題した五首がある。そのうちの二首。

絞首台へ
ゆく一本の枯芝道
ただ、事もなく日があたってる。

絞首台の鉄の扉は赤さびて
さはれば赤く手にさびはつく

柳沢尚武氏は、この二首に「やや重い余韻」を感じとり、明治四十四年一月の「大逆事件」の十二名の処刑に云い及んでいた。私もまったく同感である。

「熔鑛炉」の時代はプロレタリア短歌の時代である。矢代東村は、新興歌人連盟の加盟（一九二八年十月）から無産者歌人連盟へ、そして、一九二九年七月のプロレタリア歌人同盟へ同人として参加して、渡辺順三らと行をともにしている。「獄中からの手紙はいふ」（昭和七年）六首の中に、次の一首がある。

でも、
見ろ。見ろ。
「戦争を止めろ」
「侵略戦争絶対反対」
便所の中の
この落書よ。

（3）

矢代東村の作品は、「口語行わけ」という姿を伴っている。用語は口語で、表記は行わけ、という分離したものではなく、口語使用によって生ずるリズムを生かすために、必然的に行をわけて表現するもので、それは分離しがたく一体のものである。

矢代東村が、口語行わけ作品に本格的に取り組んでいた時代に書いた評論「椿は赤く」(『日光』大正十三年四月号)の中で、口語の使用の根底に、現代に生きる人間の「精神と感情」をおきながら、「歌によっては一行に、二行に、三行に、四行に、五行に、六行にもわたるべきものであらうと考へる。そして正しく句読点を施すべきであらうと考へる。」と述べている。それは、従来の保守的、現実逃避的な短歌的境地から脱却するものであった。

矢代東村が、教師を職として、歌人としての出発点に立った一九一〇(明治四十三)年、石川啄木は「一年の回顧」の中で、「日本国民の新経験と新反省を包含したところの時代の精神は、休みもせず、衰へもせず、時々刻々に進み且つ進んでゐる。」と書いていた。また、「食ふべき詩」の中では、「明治四十年代以後の詩は、明治四十年代以降の言葉で書かれねばならぬ」とし、それは「新らしい詩の精神、即ち時代の精神の必然の要求であった」と強調していた。

矢代東村のいう時代の精神の感情は、こうした啄木の主張と重なっているものである。矢代東村の時代の精神と感情は、必然のこととして、その作品は、働く人びとの現実的な生活感情と結びついていくものであった。この道ゆきは、矢代東村の思想の発展と結びついたもので、東村のこの立ち位置は、生涯において変わることのなかったものである。

一九三三年、前田夕暮の雑誌『詩歌』五月号に、表題のない、ただ「〇」とだけした矢代東村の歌六首が発表された。小林多喜二の虐殺を歌ったものである。

「あっ、やられた。小林はやられた」と
夕刊を見た瞬間思わず
口に出していってしまふ。

逮捕、急死、
急死、急死、急死。
ああ、それが何を意味するかは

いふまでもない。

格闘したから
道へ倒れたから
捕縄をかけたから
それで、四時間後の「心臓麻痺」が
どうして起った。

これは事がらの記述ではない。もちろんスローガンではない。これらの作品には、時代の精神に立った矢代東村の感情が鋼（はがね）のように張りつめている。そして、抗議の声を、人間感情の底の底からしぼり出している。二首目は、六首の中で、最も優れたもので、矢代東村の本領が溢れ出している。いわば口語行わけの東村短歌の熟成された一つの到達点といえよう。そして、矢代東村の思想そのものが、どのような立ち位置を示していたかを、作品はありありと示していよう。

（4）

一九四一年十二月八日、太平洋戦争が勃発した。新興歌人連盟（一九二八年十月）によってプロレタリア短歌運動の狼煙（のろし）が上げられてから、運動は波瀾を重ねながら、無産者歌人連盟（一九二八年十一月）、プロレタリア歌人同盟（一九二九年七月）へと展開していった。短歌の革新をめざしたプロレタリア短歌運動は、矛盾と誤謬（ごびゅう）をかかえながら、短歌の詩への解消論によってプロレタリア歌人同盟は、自らその組織を解体した。

この誤りの自己批判から、プロレタリア短歌運動の再出発として『短歌評論』が創刊された（一九三三年四月）。小林多喜二が殺された二ヵ月後である。矢代東村は、渡辺順三とともに、このプロレタリア短歌運動の主脈を離れることがなかった。

渡辺順三は、太平洋戦争開始の翌日、十二月九日に特高警察により、治安維持法違反容疑で検挙された。順三はすでに一九四〇年から、自ら筆を折って、執筆活動を止めていたのであった。弁護士・歌人矢代東村は、順三より一年おくれて一九四二年三月末に検挙された。東村は九月に釈放され、十二月に不起訴となった。順三は、検挙一年後の一九四二年十一月にようやく起訴され、翌四三年二月に保釈となった。判決は懲役二年、執行猶予四年であった。

太平洋戦争の敗北により十五年戦争は終結した。その時の渡辺順三の歌に次の一首がある。

久々に会いしこの友も
痩(や)せており
吾ら忍苦の日の長かりし。

この頬もやせた友らの中に、矢代東村もたしかにいたであろう。渡辺順三は、戦前の仲間たちとあらたなつながりを築きながら、新日本歌人協会を結成し、機関誌『人民短歌』を創刊した（一九四六年二月）。その傍らに矢代東村がいたことはいうまでもない。

矢代東村は一九五二年九月十三日、六十三歳で亡くなった。戦前の苦難の時代が長かったのに、これからと期待された矢代東村は、戦後を、わずか七年一ヵ月生きただけであった。

渡辺順三は、『定本近代短歌史』（下巻）の中で、矢代東村の最後の歌三首（「大衆と共に」）を引いて、「彼は最後まで百万の味方が背後にあることを信じ、新らしい未来への希望を捨てずに死んだのである。」（七五頁）と述べている。

悪条件かさなる中に、
最初からの
唯一つの希望は捨てずに、
死んだといいえ。

みじめなる死ざまに

一生終るとも、
味方はいる。百万の
あらたな味方。

百万の
味方いつも
背後にあることを
忘れるな。
心へこたれる時。

渡辺順三は、矢代東村の葬儀の折、新日本歌人協会を代表して、「同協会中央委員であった矢代東村氏の霊に謹んで捧げる」とした「弔辞」を心をこめて読んでいる。

あなたは、啄木・哀果のもっとも正当な後継者として、大正の初期からすぐれた口語の作品を示され、その後の歴史の進展に添うて、短歌革新運動に貢献され、進歩的歌人としての活動に終始されたのであります。その御功績は、近代短歌史上に不滅の光輝として記念されなくてはなりません。

◆主要参考文献

『一隅より』矢代東村第一歌集（白日社・一九三一年十一月）
『矢代東村遺歌集』渡辺順三・香川進編（新興出版社・一九五四年九月）
『矢代東村追悼号』『新日本歌人』（第七巻十二号、一九五二年十二月）
『父　矢代東村』小野弘子（短歌新聞社・二〇一二年四月）
『矢代東村　短歌で治安維持法体制に抵抗した弁護士』柳沢尚武（日本民主法律家協会・二〇〇六年八月）
『日本プロレタリア文学集・40』（新日本出版社・一九八八年十一月）
『定本近代短歌史・下巻』渡辺順三（春秋社・一九七四年六月）

【注：矢代東村】　本名・矢代亀廣、千葉県夷隅郡東村（のち大原町、現いすみ市）に一八八九（明治二十二）年に生まれた。出生地にちなんで筆名を東村とした。

6　回想の山原健二郎

（1）

南（みんなみ）の熱き炎（ほのお）に較（くら）ぶれば赤き絨毯（じゅうたん）色褪（あ）せて見ゆ

これは山原健二郎歌集『南の熱き炎』（一九七〇年十二月）の巻頭歌である。一九六九年十二月、自由民権の伝統の地土佐から、四国初の日本共産党代議士山原健二郎が誕生した。明けて七〇年一月十四日、国会初登院の日によんだ歌が、この「南の熱き炎」の歌であった。熱血漢山原健二郎の面目躍如としたものがある。

山原健二郎を、歌人のワクでくくることは出来ない。何よりも教育運動のリーダーであり、政治家であり、文人であった。山原健二郎の歌を語るには、その人間を形成した風土と、戦後の子どもと教育を守るたたかい、平和を守るたたかいを語らなければならないのである。

山原健二郎は、一九二〇年八月十日、高知県長岡郡本山町の農家に生まれた。四国三郎の異名をもった吉野川のほとりである。利根川の坂東太郎、筑後川の筑紫次郎などと肩を並べる川である。この地方は嶺北地方とよばれ、四国山脈の中にあった。吉野川の対岸は土佐街道で、昔は参勤交代の行列の道筋となっていた。その行列の通る折などは、藩主の山内(やまのうち)の殿様の駕籠が見えなくなるまで、川をへだてたこちら側の百姓たちは、土下座していなければならなかったという。そのことを不条理とする反骨精神が、農民たちの心の中には脈うっていたに違いない。

この道を民権壮士かけさりぬ　炊出し(たきだ)の火の吉野を染めて

山原健二郎のこの一首は、そうした反骨精神の伝統を物語っている。土佐は自由民権の発祥の地である。吉野川沿いの農民たちの抵抗の精神が、明治初期にどのような方向に動いていったかが、ありありとする。自由民権の旗を掲げた反政府軍に、嶺北地方の村々では、大がかりな焚き出しをやって応援し、その火は、吉野川を赤々と染めるほどだった、というのである。

一九九〇年代の半ば頃、私は、本山町を訪れたことがある。歴史の星霜をたたえて流れていた吉野川の清流も、上流に四百戸を湖底に沈めた早明浦ダムが出来、昔日の面影は失われていた。

故郷は渕も瀬もなきダムなりき一つの石も忘れざりしに

ダムは、吉野川の渕も瀬も奪ってしまった。「一つの石も忘れざりしに」というところに、山原健二郎の深い望郷の思いと、痛恨とがうたい込められていた。生い育った母なる川が、こんな状況になっていることは、耐えがたいことであった。山原健二郎はあるエッセイの中で、それは「血管に泥をつめられたような気持」であったと述べている。

（2）

高知城の西側には江の口川が流れ、一部は三百メートルほどの長い直線の川となっていて、堤は桜並木になっている。そこに、日本プロレタリア詩に燦然と輝く、革命詩人槙村浩の「間島パルチザンの歌」を刻んだ文学碑があった。また、戦後の日本の教育労働運動の揺がぬ決意を明らかにした、山原健二郎の友人竹本源治の「逝いて還らぬ教え児よ」の詩碑があった。一九九〇年一月に、高知県の教職員たちの手によって建てられたものである。

逝いて還らぬ教え児よ
私の手は血まみれだ！
君を縊ったその綱の
端を私も持っていた

しかも人の子の師の名において
　嗚呼！

詩はまだ続く。天皇の名のもとに、教え子を戦争にかりたてていった、日本の教師の苦悩と悲しみが心底からうたわれている。明日の教育のために、ふたたび、このような非人間的な教育の側には立たないという、断固とした決意がこの詩には示されていたのである。日本の教師たちの戦後はここから出発し、「教え子を再び戦場に送るな」という、不滅のスローガンに結晶していった。

「勤評は戦争への一里塚」を合言葉に、一九五〇年代末、全国で教師の勤評（勤務評定）反対闘争が、激しく展開され、国民的闘争として発展した。六〇年安保闘争の土台となったものである。とりわけ高知では、地域と結びついた闘争が発展した。竹本源治の「逝いて還らぬ教え児よ」の詩は、一九五三年にウィーンでひらかれた第一回世界教員会議で朗読され、深い感銘をあたえた。「土佐の山間」より出た声が、世界の教師の良心をゆすったのである。

高知県での勤評闘争では、その中心にいつも県教組の山原建二郎副委員長がすわっていた。

一九五八年六月二十六日、勤評闘争のまっただ中、土佐の山河をゆるがして七千人の教師たちが十割休暇闘争（ストライキ）のため、高知市の城西中学校に結集してきた。三十八歳の県教組副委員長の山原健二郎は、この歴史的な大闘争の日、壇上から熱烈に仲間たちに呼びかけたのであった。

「ここに、わが高知県教組がある！」

山原健二郎の演説も指導力も抜群であった。七千人の教職員集団は熱気に包まれて、市内をデモ行進した。これは県教育界にとって、まさに空前の出来事であった。

国会請願の人々と握手する山原健二郎

（3）

仏桑華（ぶっそうげ）そこには咲くな
そこは基地
汝が紅（くれない）は沖縄のもの

山原健二郎の名歌の一つである。沖縄の仏桑華をうたって、この歌の右にでるものはない。一九七〇年九月、日本共産党の沖縄調査団に参加したときのものである。基地に咲く仏桑華に、山原健二郎は訴えているのである。その美しい真紅の色は、沖縄人民のものだ。どうしてアメリカ軍のために咲いてよいものぞ——。

この作品の最大の特徴はダイアローグの語法である。作者は、そう言わなければ、内心に燃えさかる米軍基地への怒りと、祖国への熱い想いを、どうしても表現できなかったにちがいない。それは表現の力であった。

山原健二郎の画いた仏桑華の花と、そして歌と、その歌を書いた文字と三位一体の、いわゆる「山原ワッペン」は、沖縄の祖国復帰運動の中で沖縄県民をはじめ、十六万人の人びとの胸に、たたかいのシンボルとしてかかげられたのであった。一人の歌人の作になる絵・歌・書が、このような力を発揮した例を私は知らない。

すぐれた政治家としての山原健二郎は、その活動の上で車の両輪のように、表現者としての力を発揮していたように思う。国会議員きっての文人山原健二郎の、その文化的水準の高さは、政権政党である自民党といえども脱帽せざるを得なかったのである。日本共産党こそが、もっとも文化的であることを、山原健二郎は身をもって実践した。

山原健二郎――その名を言えば、誰でもエピソードを語り、そして懐かしい思いにかられる。

一九四八年、二十八歳の山原健二郎は、全国最年少で公選制の高知県教育委員に当選した。おりから吹き荒れたレッドパージを、まさに体を張って阻止した。「全国の都道府県で、教員レッドパージがおこなわれなかったのは高知県だけであった」（塩田庄兵衛『レッドパージ』新日本新書・二二五〜二二六頁）。それは若き日の山原健二郎の歴史的なエピソードである。

山原健二郎が、党派をこえた広範な県民の支持のもとに、衆議院議員十期連続当選という、歴史的な到達点を築いた時、勤評闘争以来ともに日教組運動の中でたたかってきた仲間たちが、ささやかな祝勝会を開いたことがある。その時、山原健二郎は、自らの選挙戦を振り返って、「経帷子（きょうかたびら）を着て、血刀を振るうようなたたかいであった」と語った。その言葉は、阿修羅のような山原健二郎の姿をほうふつとさせるものであった。次の句は十選の時の深い感慨であった。

秋月や　満天の星　きらめきて

（4）

焦がれきて峠に立てば故里に花は吹雪きて心なごむも

　ふるさとの人なき家の老桜美しとききはせ帰り来ぬ

いまは他人の手にわたっている本山町の、山原健二郎の生家の庭には、桜の老木があり、毎年きれいな花を吹かせる。前歌の「花」は、生家の桜の花吹雪を心の中で思い重ねている気配がある。後歌は、本山町の知人から、「本山のお家の桜がきれいですよ」と知らされて、やもたてもたまらずに、人手にわたってしまっている生家の、古木の桜の満開を見に帰郷した時の一首である。いずれも、山原健二郎の切々たる望郷の歌である。

　この本山町には、四百年近く昔に、土佐の国で初めての百姓一揆があったという。山原健二郎はその顚末を『一揆の系譜』（一九九一年四月）に詳しく書いている。剛直な山原健二郎には、こうした一揆の血、反骨の血もうけつがれていよう。それと同時に、望郷の歌からも明らかなように、日本人のもつ感性のしなやかさも、そこには存在しているのである。

　作家の大原富枝も、この本山町の出身である。かつて本山町を訪れた時、開館されて間もない「大原富枝文学館」を慌ただしくのぞいたことがある。『婉という女』を読んで感動したのは三十歳半ば頃であったが、その生原稿が展示されていて、遠い昔の自分に会ったような、ある種の懐かしさを覚えた。大原富枝の『吉野川』という作品は、著者の文学的原風景を示したものだった。故郷を同じくする山原健二郎と大原富枝の対談が「赤旗」にのったのは、最後の総選挙の年の正月だったと記憶する。

議員生活後期の山原健二郎

山原健二郎は、二〇〇四年三月八日、八十三歳の炎のような生涯を終えた。がんのため、あと半年と、医者に宣告されてから、一年有余の壮絶な闘病生活であった。

山原健二郎は、命の最後に、こん身の力をふりしぼって、「友よ　さらば。あとはたのむ」と言ったと、臨終に立ち会った親しい仲間から聞かされた。

告別式は高知市の斎場であった。山原健二郎とともに、長い間、さまざまの分野で志を結び合ってきた、「友よ」と呼びかけられた多くの人々が集まった。山原健二郎が残した「あとは　たのむ」という言葉をしきりに思った。その時、私は、多くの場面で山原健二郎に励まされてきたことを思い出した。これからは、自分で自分を励ましてたたかっていかねばならないと思った。

思い出す多くの場面の一つに、高知城の中の公園での夜桜の集いがあった。その頃私は、第十六回参院選（一九九二年夏）にむけての、日本共産党の比例代表候補者の一人だった。夜桜を楽しむ集いは、県後援会の主催したもので、大勢の人々が桜の下で賑やかに痛飲した。山原健二郎は、音に聞こえた酒豪であるから、宴の中心であったことはいうまでもない。もり上がった会が果てて、私は山原健二郎と二人で城跡の坂を下っていった。山原健二郎の足どりはしっかりしていた。城の西あたりにある高知県教組本部の近くで別れた。

「じゃあ、また――」

「お元気で――」

握り合った山原健二郎の手は暖かく強かった。

夜桜見物用に所どころに点された裸電球はようやく相手の顔を識別出来るていどだった。夜桜がしらじらと花ビラを浮かび上がらせていた。私は、遠ざかっていく山原健二郎の足音を聞きながら、ホテルへの坂道をおりていった。

私が比例代表候補者となって、衆議院議員会館の山原健二郎の部屋を訪れた時、山原健二郎は、「こんな政治の修羅場に、ご苦労さんですね」と労ってくれた。全国の教職員の仲間が、私を励ます会を開いてくれた時、四万十（しまんと）川ぞいの里山の桜の花ざかりを描いた色紙に、「碓田のぼる先生の壮途を祝して」として、二首の激励歌が書きこめてあった。

三千万の署名あつめし君なれば価値ある票の山を築かん
こがらしも花の嵐もましぐらに灼熱の陽に胸焦がしゆく

一九九一年十一月七日の日付が入っていた。この色紙は、額に入れて私の聖高原の山荘の壁に大事にかけてある。それを見るたびに、山原健二郎の励ましの声を聞く思いがする。

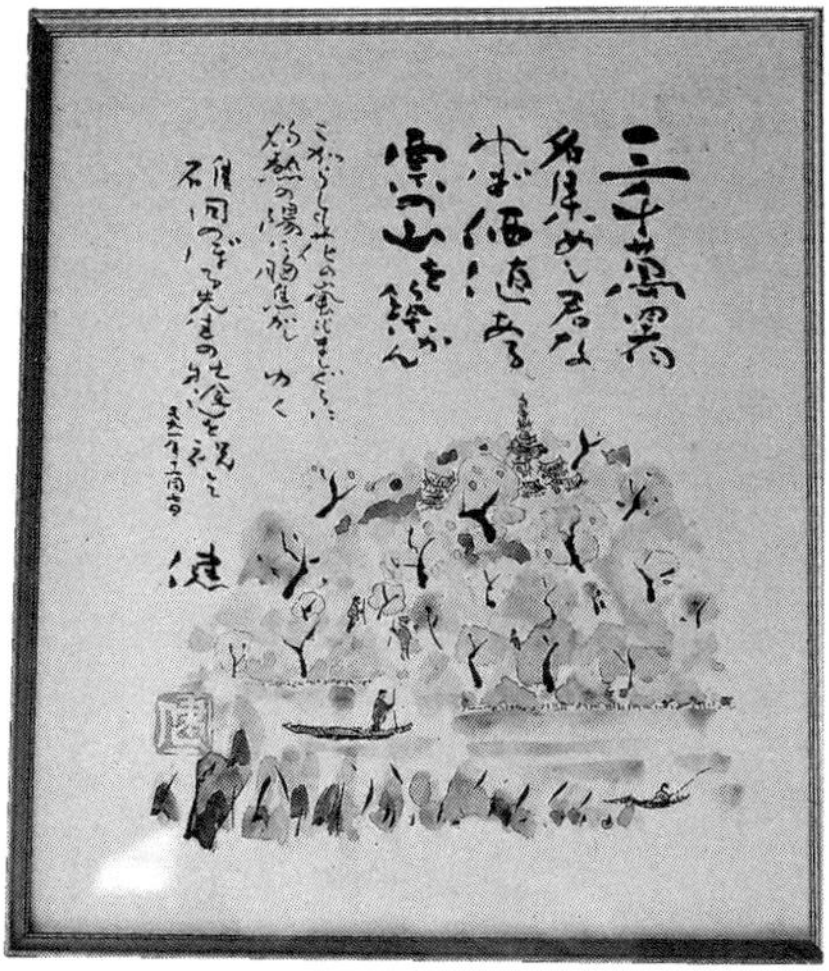

著者に寄せた山原健二郎の色紙
（1992年）

II

短歌の革新——源流をさぐる

1　初心の旗と展望

――『人民短歌』以前と以後をからませて

1

新日本歌人協会が創立されたのは、敗戦の翌年、一九四六年二月二日であった。創立大会は雪の降る日に、神田三崎町のバプチスト教会の講堂で行われた。創立大会で、窪田空穂と土岐善麿、矢代東村の三人が賛助会員に推されたが、その一人土岐善麿は、創立大会で挨拶に立ち、また、

新日本歌人協会成立し夕冷え暗く講堂を出づ（『人民短歌』第一巻第三号）

という歌を残している。

新日本歌人協会の機関誌『人民短歌』創刊号の印刷が終わったのは、それよりも早

かったであろうが、正確な日どりはわからない。一月下旬頃であろう。創刊号の奥付は、「一九四六年二月一日」となっている。

『人民短歌』の題字は朱文字で、右から左へと横書きに書かれていた。朱文字や横書きの「人民」、また表紙に目次が登場しているなど、これだけでも十分戦後の新鮮さを感じさせたであろう。

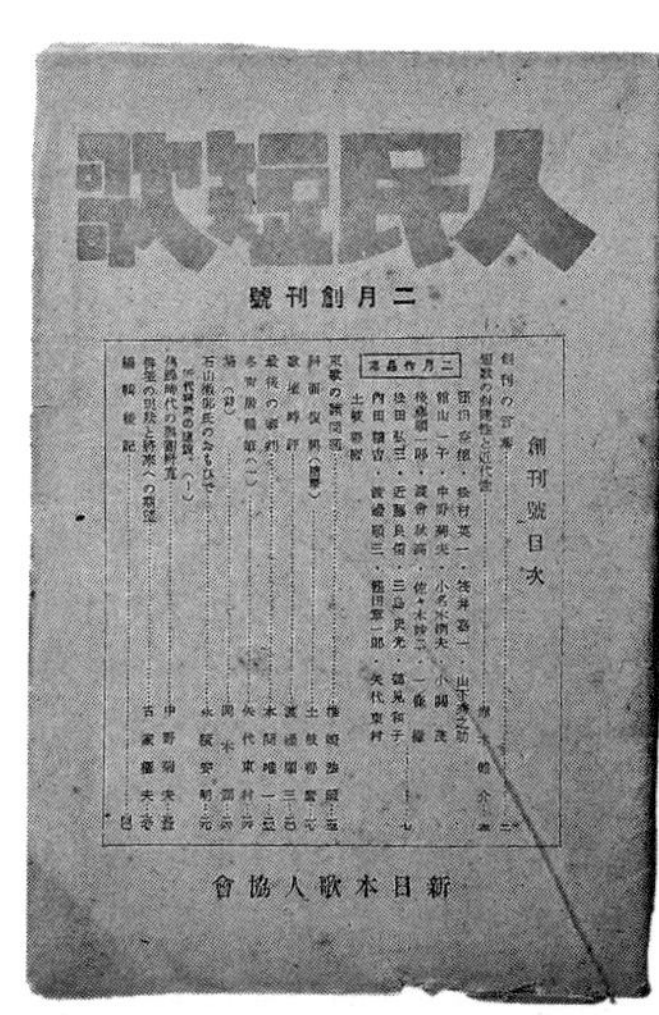

『人民短歌』創刊号（1946年2月）

この『人民短歌』創刊号について、木俣修はその感動を『昭和短歌史(4)』（講談社学術文庫）の中で、次のように書いている。

> 粗末なザラ紙四十頁の『人民短歌』が創刊されたのは二月である。表紙も本文も同じ紙で、朱の誌名を刷りその下に目次がかかげられている。……朱文字

の誌名の『人民』という文字が印象的で新鮮な感じを与えた。

新日本歌人協会を創立し、『人民短歌』を創刊した中心的な人々は、いずれも戦前のプロレタリア短歌運動の流れをくむ人々であった。その運動の源流は、石川啄木までさかのぼることが出来る。

プロレタリア短歌運動の歴史の始動と終点をどこにとるかは論者によってまちまちである。しかし、一つの運動を考えるとき、そこには運動組織がなければならないし、表現活動の場合には機関誌の存在は不可欠である。

一九二八年九月に「新興歌人連盟」が成立したが、機関誌『短歌革命』の発行をめぐり一ヵ月もたたずに分裂し、同年十一月十九日に、「無産者歌人連盟」が、渡辺順三、坪野哲久、大塚金之助などによって結成され、機関誌『短歌戦線』が発行された。これは創造的運動体における、組織と機関誌とを統一的に実現したもので、まさにプロレタリア短歌運動の始動であった。

運動組織としての「無産者歌人連盟」は、一九二九年七月に「プロレタリア歌人同盟」に発展し、弾圧と発禁の中で、機関誌『短歌戦線』は、『短歌前衛』『プロレタリア短歌』へとひき継がれていった。

プロレタリア短歌運動は、時代をゆり動かすプロレタリア文化運動の一翼を任じながら、その内部では、プロレタリア短歌のあり方をめぐって、激しい討論が展開された。その中心点は、短歌の「詩への解消」をめぐってであった。今日考えれば、じつに奇妙なこのテーマについての白熱した論議は、プロレタリア短歌運動が遭遇した、高揚した一九二〇年代後半から、一九三〇年代前半にわたる歴史的時代を表現していたともいえる。

プロレタリア歌人同盟は、一九三二年一月十七日に自らを解体し、発展的方向としてプロレタリア作家同盟の詩部門に解消していった。これは、運動の組織主体の後退、変容であろう。歌人同盟の解体三ヵ月後の、一九三二年四月、機関誌『プロレタリア短歌』も終刊号を出してその命を終わった。

日本帝国主義は、すでに十五年戦争に大きくふみ込んでいた。一九三四年二月二十二日、プロレタリア歌人たちが結集していた、プロレタリア作家同盟が解体した。この時点で、プロレタリア短歌運動は、運動する組織も、機関誌も名実ともに姿を消したのである。

このプロレタリア短歌運動時代に二冊の歴史的なアンソロジーが刊行されている。一冊は一九二九年五月刊のメーデー記念『プロレタリア短歌集』と、翌年一九三〇年版『プロレタリア短歌集』である。短歌の定型を「封建的桎梏（しっこく）」として、そのカタの拘束から飛び出し、イデオロギーを先だてた、荒ぶる短歌の異形の姿は、ことに後者の『プロレタリア短歌集』にきわだっている。

一九三三年四月、プロレタリア短歌運動の再出発をめざし、渡辺順三、坪野哲久、矢代東村、山田あき、その他によって、『短歌評論』が創刊された。『短歌評論』は、一九三八年一月まで続いたが、この時代を、民主的な短歌運動という視点で考えると、運動の組織が持てない時代であった。プロレタリアという言葉も、十五年戦争の重圧の中で、使うことすら出来なかった。運動の主体的組織を欠いていたが、『短歌評論』に結集した歌人たちは、プロレタリア短歌運動の初心にたって、なお前進しようとした。運動の動輪である、組織の持てない中で、滔滔として歌壇に溢れた「事変歌」と呼ばれる戦争賛歌に抗して、四冊の合同歌集が刊行された。『世紀の旗』（一九三五年五月）、『集団行進』（一九三六年五月）、『生活の歌』（一九三七年六月）、『冬空』（一九三八年五月。『短歌評論』後継誌『短歌時代』のころ）である。反動的時代の中で、抵抗をしながらジリジリと後退を余儀なくさせられた状況は、この合同歌集の題名からもうかがわれる。『短歌評論』の時代は、抵抗の時代であった。

（2）

新日本歌人協会『六十年史』（二〇〇六年八月二十三日）は、プロレタリア短歌運動の歴史的積極面を、次のように述べている。

プロレタリア短歌運動は、直接的には革命的、民主主義的なプロレタリア文学運動の高揚に支えられたものであるが、……プロレタリア短歌運動の歴史的な積極面は、なによりも、その運動の根底に人間解放の思想をおき、その運動の行く手を、歴史の進歩と発展の方向に重ね合わせつつ、階級的立場に立って、情熱的にたたかったところにある。そして、伝統的、保守的で体制順応の短歌の世界に、強烈な変革の思想を打ち込んだところにある。(四四頁)。

『六十年史』はこれに続けて、プロレタリア短歌運動のこの方向が基本的に正しかったことは、十五年戦争の全期間に、歌壇の圧倒的部分が侵略戦争美化に明け暮れた恥ずべき歴史を思い起こせば、明らかであるとした。そして、前述の方向こそ、運動の「主要な側面であった」と述べている。

戦後、このプロレタリア短歌運動の批判において、たとえば塚本邦雄の「ゼロの遺産」(一九五七年)といった見方があったが、これは、もっとも重要な「側面」を切り落として、その評価を表現技術論に矮小化したものであったことはいうまでもない。

しかし、戦前のプロレタリア短歌運動の積極的な伝統をたしかなかたちで受け継ぎ、その運動のもった弱点や歴史的限界も明らかにすることは、戦後の新日本歌人協会創立におけるもっとも重要な問題であり、今日の、私たちの民主主義的短歌運動の豊かな発展にとっても欠かせない課題ともなっている。

プロレタリア短歌運動の再出発、具体的には『短歌評論』の旗上げにあたって、渡辺順三は、「新しき出発への道標」という注目すべき評論を書いている。これは、プロレタリア歌人同盟時代の作品を自己批判的に具体的にふり返ったものである。順三は、この評論で三点についての反省を述べている。

一つは、思想や世界観と、作品創造の区別と関連の問題であり、二つには、作品批評の態度の問題、三つには、短歌の「詩への解消」論についての自己検討である。今日の私たちの課題にもかかわるので、少し立ち入ってみたい。

まず第一の問題では、「例へその作者が、思想的には立派なマルクス主義者であり、弁証法的唯物論の把握が如何に深奥であらうともそれだけから直ちに優れた文学作品が生まれる」わけではないとして、「ことに作者の『世界観』と『創作方法』との質的な区別があるのだ」と主張している。順三はこうして、作者が、現実的な生活から出発するのではなしに、頭の中の思想から出発していたことを自己批判している。考えてみれば当たり前のことである。

しかし、実作における作者の思想と、表現としての作品との関係は、とりわけ現在、社会や政治を素材として作歌する時、素材主義（素材へのもたれかかり）におち入らず、真実の表現を創造していく上で、かみしめるべき問題が含まれているといえよう。

次に、第二の問題である批評については、「従来の我々の批評的態度は、単に定型であるといふだけで、あらゆる作品を反動的だと云ったり、闘争的な場面や、直接的な『政治的課題』を取り上げてゐないといふだけで、それを非プロレタリア作品だというレッテルを貼りつけて来た」と順三は言う。このことは、当然、第一の問題とからむわけであるが、こうした批評は、文学や創作の批評ではなく、作者の「思想」や「政治的見解」の批評をしているわけで、「こんな批評では、作家を殺しこそすれ断じて成長させてはくれない」のは当然である。

現在の『新日本歌人』誌上では、批評の方法やあり方についての議論はまったく手薄であるが、作品世界の深化の上からも考えるべき問題であろう。

順三の自己批判の第三点は、プロレタリア短歌運動の最大の問題であった「短歌から詩へ！」のスローガンにかかわるものである。この点に関しては、順三の「新しき出発への道標」は歯切れが悪く、この歴史的な誤りについて、第二の問題ほど自己検討が十分ではない。その原因は、何よりも、このスローガンをまず「絶対に正しいと信じてゐる」としているところから出発しているからである。順三は、「短歌から詩へ」という、その詩の理想としたものは長い詩であったが、それが誤りで、じつは啄木の評論「歌のいろ〳〵」をおさえれば「刹那の感情を愛惜するかぎり、兎に角短い形式の詩は滅びない」（傍線・引用者）わけであるから、目ざすべき詩は、短い詩であった、というわけである。この見誤りこそ、「短歌から詩へ」の問題で反省すべき点であったのである。順三のゆれである。

順三が、「新しき出発への道標」を書いた時代状況でいえば、この第三の問題で主張した短歌の「短詩説」は、一方で、プロレタリア歌人同盟の歴史的、積極的役割りを、「確信」し、評価しながら、他方で、その運動のもった偏向や弱点について、自己検討をすすめるという困難な作業であった。そうしたことが、第三の問題にあらわれた渡辺順三のゆれの問題であった。ついでに言えば、順三がその論の根を下ろした啄木の評論「歌のいろ〳〵」には、短歌の形式を、「刹那の感情」に従属させたことによる短歌形式についての考察の不十分さがあったが、これが順三のゆれを引きおこしたと私は考えるが、ここでは詳述はしない。

ところで、順三の言う「新しき出発への道標」は打ち立てられたであろうか。それは、侵略戦争の拡大・強化の中で、結局、「新しい道標」の確立は阻まれたのであった。それらは戦後に持ちこされた。しかもそれは、現在も私たちの創作活動に、問いを持ちかけているのである。

(3)

渡辺順三の、第一評論集『階級戦の一隅から』（一九二九年十月）につぐ、第二評論集『短歌の諸問題』（一九三四年六月）は、一九三〇年代前半の評論を中心に編んだもので、その先頭に、執筆時点のもっとも新しい「新しき出発への道標」が置かれている。だが、それよりも新しい文章がある。それは本文ではなく「自序」である。じつはここに、「新しき出発への道標」には含まれていない、順三の斬新な問題意識が、次のように述べられており、短歌の伝統や継承を考えるうえで、きわめて示唆的なものである。

> 歌人同盟時代に、吾々が短歌はすでに亡びる芸術のやうに考へてゐたのは非常に素朴で幼稚でさへあったと思ふ。短歌といふ特殊な様式と日本語との関連また短歌と日本人の民族的性格との関係といふやうなことで、吾々はまだまだ省察すべき多くの問題を残してゐる。吾々は短歌を観念的に放棄することを急いで、具体外（的か）に発展させることを怠ってゐるのではないだらうか。

頭にフーッと浮かんできたことを書いたような文章である。しかし、この一節には、何よりも短歌を歴史的に、つまり伝統としてとらえる視点があり、また短歌を生み出した、日本語に思いを寄せていることは注目すべきことである。

じつは、プロレタリア短歌運動の致命的な弱点は、総合的、全体的なプロレタリア歌学を確立出来なかったところにあると、私は考えているが、その中心的な問題の一つに、伝統に対する認識の浅さがあり、その見誤りがあった。プロレタリア短歌運動において、伝統はカッコに入った言葉であり、たとえていえば、床の間におく骨董品のような理解であった。それゆえ、伝統的短歌の定型は、現実とは関係のない、古典的遺物であり、その型にはまり込むことは、生きてたたかう人間にとっては、桎梏以外の何ものでもない、と考えたのであった。しかし、伝統とは革新の源泉であり、伝統なくして革新はあり得ないのである。伝統の時間の中に蓄積された矛盾が、革新の志を生み、昨日までの伝統をのりこえて、今日の革新の姿となるのである。そしてその姿は、やがて新しい伝統に変じていく。プロレタリア短歌運動は、短歌の革新を標榜したが、伝統を断つことで、革新性を構築しようとしたが、この方向では、革新のエネルギーが、十分に生まれ育つわけがなかった。プロレタリア短歌運動が行き詰まりをみせたのは、ある意味では当然ともいえたのである。

戦後のいち早い新日本歌人協会の創立による活動の展開は、すでに述べたように、プロレタリア短歌運動の積極的伝統を継承したものであったが、そこにおける伝統論についての認識は、必ずしも「新しき出発の道標」として把握されてはいなかったと私には思える。

たとえば『人民短歌』第一巻第二号（一九四六年三月号）に赤木健介の「伝統」と題した「巻頭言」がある。その書き出しは、「伝統は何にかぎらず重荷である」というフレーズによって始まる。

　我々日本人は、あまりに伝統に拘束せられて来た。最近十五年の戦争中に、それは極端にまで達し、伝統は伝統なるが故に権威として強制せられ、それに対する懐疑は圧殺された。古事記・萬葉集等々が、侵すべからざる神聖な古典として、日本精神主義の鼓吹に利用された。

長い引用は出来ないが、この一節からも推測できるように、赤木健介は、支配勢力が侵略戦争遂行のため国策とした伝統主義を批判しているのであり、至極当然といえよう。しかし、ここに垣間見える筆者の「伝統」論の認識は、やはり伝統をカッコでくくり、長い時間を背負った「コト」や「モノ」としているのである。それは、プロレタリア短歌運動時代の伝統観から、はるかに離れているとはいい難い。これは赤木健介の責任の問題ではない。伝統論の未成熟であった時代の限界性ともいうべきことであろう。

伝統というものが、進歩や変革のエネルギーを内在させているという認識に立った時、プロレタリア短歌運動における弱点の問題もより明確になるように私には思える。短歌の革新をめざす当面の民主主義的短歌運動にとっても、この問題の掘り下げはきわめて重要であろう。

（4）

『六十年史』第二章第三節に、アンドリュー・ロス（Andrew Roth）についての記述がある。これは、新日本歌人協会が創立された三ヵ月後の、一九四六年五月二十七日の『読売新聞』第一面中央にかかげられた、アンドリュー・ロスの「特別寄稿」である「日本の政治的危機」の中に引用された次の一文に関するものである。

私はさらに西欧文化の模倣などより『人民短歌』に現れたような日本詩の民主主義化と民主化についての報道に深い感銘をうけた。

アンドリュー・ロスは、当時、アメリカの新進気鋭のジャーナリストであり、「特別寄稿」の政治評論の中で、『人民短歌』創刊の意義を積極的に評価したものである。これは、『六十年史』の準備段階で私の出合った、もっとも感動的な資料であった。アンドリュー・ロスは、前述の引用の中で「日本詩」といっているのは、詩一般ではなく、日本の短歌を「日本詩」と言っているのである。その言葉の中に、歴史的、伝統的、という思いをひびかせている。アンドリュー・ロスは、「日本詩」の伝統の中から、その「民主主義化と民主化」が進むことを期待していることをうかがわせるものであった。

『人民短歌』より一ヵ月早い創刊であった岩波書店の総合雑誌『世界』に、アンドリュー・ロスは、長期にわたって海外からの寄稿を続けていた。雑誌『世界』が創刊六十周年記念として出した「総目次―一九四六▼二〇〇五」を見ると、「A・ロス」の名前はおびただしいほどである。

敗戦直後の時期に、この著名なジャーナリストの国際的視野の中に、『人民短歌』がとらえられたことは、新日本歌人協会の歴史にとっても画期的なことであった。それ以前にも、また、それ以後においても、日本の短歌雑誌で『人民短歌』のような形で、論評の位置に据えられたものはなかった。いかなる近代短歌史においても掘り当てられなかった、若きA・ロスと『人民短歌』との遭遇を、私はあらためて、深い感慨で思い返さずにはいられない。これは、新日本歌人協会の歴史と伝統に新しく加えられた一頁であり、この事実は、新日本歌人協会の前進にとって、あらたなエネルギーを加えるものとなることであろう。

あたえられた紙数もあとわずかとなった。最後に、これまで述べてきたような視点に立って、当面する大きな運動課題である、一〇〇〇人会員を実現する問題について、個人的で感想的な提起を述べたいと思う。

一〇〇〇人会員実現をめざしたとりくみの歴史的経過については、『六十年史』にかなり詳しく述べられている。一〇〇〇人会員は、その最初は願望であり、憧れでもあった。それは、運動面における初心の旗でもあった。その願望的課題は、やがて努力目標となり、実現への道が見えはじめた。そして今では、その目標が、実現可能どころか、新日本歌人の歴史の中で、一〇〇〇人にもっとも接近し、目前のところまできている。

こう書くと一路の道を進んできたように、人は思うかも知れない。しかし当然ながら、紆余曲折があり、前進も後退もあった。そうなった条件は、決して単純なものではなかった。私たちの運動は、とりまく情勢や社会状況の変化に大きく影響されてきた。それと同時に、目標実現に向けての、私たちの主体的、組織的な力の状況が、格段の重要さでかかわっていた。要約していえば、客観的条件と主体的条件の問題である。

現在、私たちをとりまく情勢、とりわけ政治の情勢は、新しい「過渡的な情勢」といわれる時期になっている。国民的な、いのちと暮らしを守り、人間的な生き方を求めるねばり強いたたかいが切りひらいた歴史的局面といえよう。一〇〇〇人会員実現をめざしたこれまでの歴史的経過の中では、もっとも積極的な情勢である。こうした全体状況の中で、短歌愛好家もまた短歌作者も、高齢化の波をかぶっていることも事実である。一〇〇〇名実現へのとり組みとのかかわりでいえば、困難をともなった新しい特別な状況でもある。

それでは、新日本歌人協会の主体的条件はどうであろうか。全国的に支部確立が増加し、各支部が生き生きと活動している様子は、『新日本歌人』毎号の「支部のいぶき」や、全国幹事会ニュース「北から南から」などにうかがうことが出来る。こうした支部活動や近県集会のもり上がり状況は、戦後の一時期を除けば、かつてない到達状況といえよう。本稿を書いている途中で、『新日本歌人』二〇一〇年一月号が届いた。晴れやかな表紙と、百頁の量感をもった雑誌である。一九六〇年代、わずか二十四頁の雑誌で、廃刊を議論されるような落ちぶれ果てた姿を見てきた者にとっては、隔世の感がある。

　こうした積極的な諸条件の中で、当然の到達点として持つべき組織的力量としての一〇〇〇名が、常幹の奮闘にもかかわらず、私たちがなかなか手にし得ないでいるのはなぜなのだろうか。私の考えでは、一〇〇〇名会員実現への会員の総力結集の弱さにあるのではないかと思う。会員一人ひとりの持っている力を引き出すためには、目標を数としてのみ追う方向では生まれてこないであろう。その目標は、創造団体としての独自な表現への要求と、たしかな形で結合される必要があろう。いい歌を作りたい、自分の感動を思うまま表現したい——、こういった要求は、作歌を志すほどの人ならば、誰しもが共通して抱く、強い要求であり願いであろう。会員拡大の強調が数だけになっていけば、それは、そのような条件をもつ人まかせということになろう。しかし、一〇〇〇名会員実現に向けての会員拡大が、一人ひとりの短歌への要求や願いと結び合わされるならば、予想しがたい力が発揮されるのではなかろうか。

　以上のことは平たくいえば、自分の作歌水準を高めるためにも一〇〇〇名会員実現を目ざすとりくみが重要だということであり、逆に一〇〇〇名会員の現実化は、一人ひとりの、あらたな創造力の源泉となっていくだろうということである。

新日本歌人協会の創立宣言は、「既成歌壇の封建的な結社制度、宗匠主義に反対」という立場を鮮明にしている。これらが、短歌の民主主義的発展にとって障害物であることは明らかである。しかし、長い歳月にわたって、支部や歌会の会員も固定化してしまい、仲良しクラブになってしまう状況だと、多少手なれた作品が器用に作れるようになったにしても、結局は緊張感を欠いてしまい、作品の劣化はまぬがれがたい。それとともに閉鎖性、保守性が強まり、小宗匠の生まれる危険性さえ出てくる。そうした例を数多く見てきた。ミイラ取りがミイラになってしまうのである。こうした状況に陥らないためにも、支部や歌会に絶えず新しい息吹きを迎え入れることによって、開放的で、緊張感のある自由さが生まれるならば、支部や歌会の人びとは、よりすぐれた作品創造への道を意欲的に進むことになるにちがいない。どんな組織でも、新しい参加者は新鮮で力の源となるからである。

常任幹事会では、ぜひこうした視点での討議を深め、積極的な方針を提起されるよう強く要望したい。

私は最後に、『六十年史』の結びの中の言葉を、もう一度ここに引いて、本稿を終わりたいと思う。

生きるよすがに、歌をつくる人たちをよしとする。
歌をつくることに癒しを求め、楽しみを見出している仲間を大事にする。
そして、時代の動きに耳さとくたたかう仲間の歌をかざしに立てる。
この厚い私たちの民主主義短歌運動が、短歌の明日をひらくことを確信する。
日本の短歌の歴史の、価値ある遺産を謙虚にまなびとり、新たな創造にむかう。

―二〇〇九・十二・二十三―

2　あらたな飛躍のために

——創立七〇周年に思うこと

はじめに

中国の作家魯迅は、道というものはもともとあったのではなく、歩く人が多くなれば、それが道になるのだと、評論集『吶喊』の中の「故郷」という作品の最後で言っています。これは含蓄の深い言葉です。今、自分の立っている場所をたしかめるには、これまで、どう歩いてきたかを知ることが大事で、これからどこへ向かうかは、その立ち位置をはっきりさせることで、見定めることが出来るのだ、ということを含意しているように思います。

この魯迅の言葉になぞらえていえば、新日本歌人協会の創立・機関誌『人民短歌』

（一九四九年十二月号より『新日本歌人』と改題）の創刊七十周年に思うことは、私たちの協会が、どのような伝統を背負って出発し、いま、どんな地点に立っているか、をあらためて明らかにすることによって、どんなことがあらたな課題として求められてくるだろうか、ということです。

それは、端的にいえば、私たちの新日本歌人協会の自己認識であり、歴史認識ともいえるものです。歴史の修正主義者らが、ナショナリズムをあおりたてながら、戦後の歴史を逆行させようとしている時、このことは、きわめて重要なことであると思います。

（1）

久々に会ひしこの友も
痩せてをり、
吾ら忍苦の日の長かりし。

新らしき日を迎えたる喜びを
この友はいう、
瞳(め)をうるませて。

渡辺順三の戦後最初の歌集『新らしき日』(一九四六年一月十日、新興出版社刊)所収の歌です。一九二〇年代後半から、一九三〇年にかけて、火を噴くように展開された、プロレタリア文化運動の一翼としてのプロレタリア短歌運動の中心的組織は、弾圧によって潰滅させられた後も、十五年戦争に抗しつつ『短歌評論』を中心に、生活と短歌を結合し、戦争に反対し、平和を守る歌声をあげ続けました。それは、狂暴化する治安維持法体制下の、ギリギリの抵抗でした。『短歌評論』は、年刊合同歌集として第一集『世紀の旗』(一九三五年五月)、第二集『集団行進』(一九三六年五月)、第三集『生活の旗』(一九三七年六月)、後継誌『短歌時代』(一九三八年五月創刊)に入り、第四集『冬空』(一九三八年七月)と出し続けましたが、この表題だけでも、時代の動きを感じとることが出来ます。渡辺順三は四回の逮捕、投獄とたたかいながら、一九四〇年にはついに筆を折り、敗戦を迎えたのでした。

前掲二首の正確な作歌日時はわかりませんが、おそらく敗戦直後から『短歌評論』時代の仲間と連絡をとり合いながら、新日本歌人協会の結成を準備していた頃のものと思われます。敗戦の日の感動を、このような内容で表現した歌壇の歌人はほとんどいませんでした。十五年戦争に、歌壇諸雑誌はあげて戦争讃歌を歌い続け、近代短歌史に汚辱の頁を塗り重ねていたからです。

新日本歌人協会成立し夕冷え暗く講堂を出づ

これは、七〇年前の一九四六年二月一日、新日本歌人協会が結成された時、窪田空穂、矢代東村とともに賛助会員となった、石川啄木の若き日の盟友土岐善麿の歌です。同時に創刊された『人民短歌』に、渡辺順三は「創刊の辞」を掲げました。それは、次の一文から書き起こされています。

満州事変以来の侵略戦争の遂行によって、わが国の軍国主義者とその協力者たちは、吾々大多数の人民を暴力をもって抑圧し、あらゆる自由と権利を剥奪して来た。

こう書き出した「創刊の辞」は、十五年戦争下の「日本文化の暗黒時代」を想起するとともに、軍国主義的な作品があらゆる歌壇雑誌をおおってきたことを厳しく指摘しながら、『人民短歌』の使命について、次のように述べて「創刊の辞」をしめくくったのでした。

我々は万葉集の伝統を今日に生かし、歌壇に於ける誤れる伝統主義、封建主義と闘い、短歌の高く正しい発展のために、その庶民性、民主性を取り戻さなくてはならぬ。そして人民大衆の生活的実感を根底とした、芸術的に秀れた短歌を創造せねばならぬ。わが『人民短歌』の使命はこゝにある。吾々は広く進歩的な歌人諸氏と提携し、協力してこの偉大な使命の達成に全力を尽したいと考える。

『人民短歌』「創刊の辞」の中心的な思想は、新日本歌人協会の規約の中にも明文化されています。そのもっとも原則的で重要なことは、新日本歌人協会は、結社や同人誌ではなく、短歌の民主的創造と発展を目ざす、運動団体であり、同時に民主的、革新的な短歌の創造団体であるということです。

(2)

新日本歌人協会が創立されて七十年、それは日本の戦後史とまったく重なったものです。それゆえに、平坦な道などではなかったことは当然のことです。渡辺順三は「創刊十周年記念号」(『新日本歌人』一九五六年二月号)に掲載した評論「『新日本歌人』十年の歩み」の中で、敗戦によって、日本の民主革命が急速に進展してゆくように思えた潮流の中で、「われわれの短歌運動も急速に拡大するものと容易に考えていた」ことを振り返り、次のような痛切な反省を書きとめています。

占領軍を解放軍と錯覚し、平和革命の可能性を信じ、人民政府の樹立もそう遠くないとの幻想がわれわれを浮き浮きさせ、思い上らせた。

日本を、アジアにおける反共の防波堤としようとした占領政策の転換は、言論・思想・結社の自由などの基本的人権への抑圧を伴ったものでした。新日本歌人協会を襲った、戦後第一の危機は、まさに占領政策と関連したものでした。アメリカ占領軍は、日本の出版・流通機構の再編成を強行したため、協会が、機関誌『人民短歌』の編集だけを担当し、出版・販売は新興出版社が行う仕組みが廃止され、協会は自前で、編集、印刷、販売をしなければならず、財政問題、協会組織が一挙に深刻な状況におとし込まれました。この時以来、雑誌は一般書店の店頭から姿を消したのでした。会員への直接発送の形となったのはこの時からです。

この第一の危機は特別として、その後にぶつかった第二、第三の危機は、協会内部の矛盾に起因したものでした。

ともし火を消すことはできぬ、と
順三が言いきるときに
なみだ湧きくる。（一九五四年）

歌よ、働く仲間のこころよ、
いっぱいあふれる
　二十四ページの小さき紙面。（一九六二年）

二首とも、機関誌『新日本歌人』発行の危機の中での赤木健介の歌です。危機の一つ一つについてくわしく述べる余白はありません。『新日本歌人協会六十年史』をこの機会に読んでいただければ、先人たちの、わずか二十四頁の雑誌を守ろうとした、高い志は理解されると思います。

(3)

私は『新日本歌人』二月号で「情況に真向う歌―強く、深く、痛切に」を書きました。これはきわめて舌たらずのものでした。私がここで言いたかったことは、戦後七十年の、新しい画期的な歴史状況の中で、私たちの歌は、これでいいのかということでした。

状況のリアリズムに対して、私たちの主体のリアリズムが立ちおくれてはいないか、と言いたかったのです。

啄木は一九一〇（明治四十三）年の歴史状況を「時代閉塞の現状」によって、鋭くつかみました。啄木はその作家主体を、歴史の進む方向に大きく前進させました。明治の天皇制絶対主義という強権の姿に立ち向かうために、それが格別に強力な存在としてあるがゆえに、時代を歌う言葉はそれに対応した強さをもち、深く、痛切でなければ、広範な人びとと連帯できない、と主張したのでした。それは、表現者としての主体と言葉の問題を、鋭く意識したものでした。それゆえに、『悲しき玩具』の表記は、『一握の砂』をはるかにこえたものになったのだと思います。表現としての言葉の一角である行がえの手法も、句読点の工夫も、広範な読者と手を結ぶための、作者の側からの、積極的で創造的な試みでした。

土屋文明がかつて、

　お稽古事独習全書ここにあり短歌俳句もその中にある

と自嘲的に歌ったことがあります。しかし文明の本心は、歌の低さを嘲（あざけ）ったのではなく、短歌作者の度しがたい文学としての主体性の欠除を、自戒をこめてこのように歌ったのだと思います。

昨年来、日本の社会に激震をあたえてきた、生活の土台から、噴き出してきた民主主義の力は、まぎれもなく、一人ひとりの主体性が連帯しながら切りひらいてきたものでした。市民革命といわれるゆえんです。

七十年前、渡辺順三が『人民短歌』の「創刊の辞」に書いた「短歌の高く正しい発展」ということも、新日本歌人協会の規約が掲げる「新しい短歌の創造、普及することをめざし」「それを将来に発展させる」という課題も、私たちの主体が、この状況のリアリズムとともに変革され、発展することが必要不可欠だと思います。そうでなければ、表現者として、もっとも重要な、時代にひびき合う言葉を発展させることなどは思いもよらないでしょう。小手先だけの言葉のあやつりや、条件反射めいた、ことがらへの追随傾向、使い古され、手垢にまみれた言葉などなどをのりこえなければ、連帯し、共同し、言葉を力に、短歌の革新なぞは出来ないし、まして戦争に反対し平和を守り、生活や暮らしを守ることは出来ないでしょう。

率直にいって、昨年来の私たちの作品は、「政治詠」「社会詠」として、時どきの事がらを詠み込んだ作品が目立ちましたが、それだけで、短歌が革新されているなどといえないことは明らかです。私たちのめざすものは、「短歌の革新」です。たちおくれた主体のリアリズムを鍛え、発展させつつ、状況のリアリズムに立ち向かい、自らの言葉、抒情が社会性を獲得し、広い共同と連帯を生み出す方向へ進み出ることが、きわめて重要となっています。

渡辺順三が、六〇年安保闘争の中で、「いわゆる『社会性』と主体性の問題」（『短歌』一九六〇年九月号）という評論を書いていますが、それは状況のリアリズムに立ちおくれている歌人主体のリアリズムをどうするのか、という問題意識だったように思います。

加藤周一の著書に『言葉と戦車』（ちくま文芸文庫）があります。一九六八年の「プラハの春」についての、実況放送のような、生なましい報告です。ソ連を中心としたワルシャワ条約機構が、チェコスロバキアの民主化運動を弾圧したのでした。チェコの民衆は無抵抗で、言葉で、戦車とたたかったことを、感動深く書いています。

「イヴァンよ、おまえにやる花はない」

これはチェコの花屋の広告だったと著者は言います。また、「レーニンよ、墓から起ちあがれ、ブレジネフの頭がおかしくなった」とも。そして、「一九六八年の夏、小雨に濡れたプラハの街頭に相対していたのは、圧倒的で無力な戦車と、無力で圧倒的な言葉であった。」と感動的な言葉を、加藤周一は書き残しています。

これは、私たちが目標とし、創造しなければならない、まさに言葉の力とは何か、を示していると思います。

渡辺順三が「創刊の辞」を書いた時とほとんど同じ時、宮本百合子は「歌声よおこれ」という評論を書いています。その中の一節を次に引いて、本稿の終わりとします。

民主なる文学ということは、私たち一人一人が、社会と自分との歴史のより事理にかなった発展のために献身し、世界歴史の必然な働きをごまかすことなく映しかえして生きてゆくその歌声という以外の意味ではない。

―二〇一六・六・二十一―

3　インタビュー『渡辺順三研究』をめぐって

インタビュア　新日本歌人協会事務局長・小石雅夫

――それでは早速ですが、碓田さんが十月（二〇〇七年）に『渡辺順三研究』を出されたことも一つのきっかけですが、この機会にいろんなお話を伺えたらということで、お願いします。私も拝見したんですが、これは協会誌にも発表されたものがいくつか……。

碓田　そうね、かなり手を入れているんですがね。大分昔のものもあるし……。

――お話を聞いてみたいなと思ったのは、渡辺順三の『執筆年譜総集　増補決定版』を出され（二〇〇七年二月）て、その「あとがき」を読んだんです。それと今度の『渡辺順三研究』の「あとがき」もほぼ同内容をお書きになってますけれども、この「執筆年譜」はこれまで、没後二十五周年の時から三度、五年ごとにお出しになってるんですね。少しずつ増補されて完成へと。十五年にわたって持続してやってこられた碓田さんの研究に、一本通ったものを僕は感じまして、ちょっと感動的な思いがしてるんです。

（渡辺順三研究の）評論も今までに三冊出されて、一番新しいのがこの『渡辺順三研究』ですけれども。一つにはこのところ協会員の中でも、渡辺順三という人を具体的に分からないという人も多くなってきている。話していても知らないんですね。そういった意味もあってここでお聞きしておきたいということで。

『渡辺順三研究』（かもがわ出版・2007年10月）

はじめに『手錠あり―評伝渡辺順三』（一九八五年・青磁社）のころから本格的に研究をしなければと思ったと書いていますが、研究に入っていかれたあたりのお気持ちを改めてお聞きしたいのですけれど。

渡辺順三との出会い

碓田　どこかに書いたと思いますが、新日本歌人に入る前ですから、敗戦直後ぐらいに長野県の『露草』という短歌雑誌に書いていたんです。この主宰は青柳競という人で『潮音』の同人だったんです。で、本格的に歌を作ろうと思い始めて、青柳競のところに通い始めた。僕が青柳競のところに通っていたのは、東京へ出てきて高校の教師を始めたころだったかなあ。先生は窪田空穂さんの生まれた和田村の小学校の校長をしていたんです。そこへ、東京から大体、行くのは土曜日の晩に行って日曜日に帰ってくるんですけど、作った歌をみてもらったり、行ったついでに、先生が歌を作る側で墨をすっていたり、そんなことをやっていたんですが、まったく予想もしなかったことに、先生が、すい臓ガンで若くして亡くなってしまい、それでちょっと虚脱状態が生まれ、歌をやめていたんです。

その頃、たまたま『新日本歌人』を東京の店頭で見つけたんです。紀伊国屋だったか、当時はまだ二、三の店頭に出ていたんですね。それで、「ああこれはいいな」と思って入会し、一番最初に「秋相聞」と題した歌十首を出したんですよ。そしたらね、渡辺順三が全部採った。一首も削らず、一字も直さず……。それはねー、すごく僕にとっては感動的だったんですね。『新日本歌人』をめくって見ると大体イデオロギー的な歌が多いわけですよ。この相聞歌は全部ボツになってもしょうがないかと思って出したら、全部採ってくれたんですね。渡辺順三という人はものすごく幅の広い人だと思ったんですね。感性とか感覚、ものの考え方……。それで『新日本歌人』で作品を作り始めたんです。でも、渡辺さんは僕に、歌について一言も言ったことないんです。「お前の歌はここがおかしいから、こうせい」とか「こういう表現は変じゃないか」とか一切言わなかった。言われたことないんですよ。ただ、会うたびに言われたのは、啄木の話とか、「大逆事件」は渡辺さんが一生懸命研究していたから、その「大逆事件」の話とか――渡辺さんのほうからすると、歌の技術的なことよりも思想教育でもしたほうがいいと思ったのかも知れないけど（笑い）。そういう話をさかんにしましたね。ちょうど五〇年代、六〇年代というのは、渡辺さんは、啄木よりも、主として「大逆事件」そのもののほうに大分入れ込んでいて、和歌山に調査に行ったりしていた時期です。それは、僕も関心があっていろいろ聞かされました。あとは協会の雑務を手伝っていたわけです。そのころは会員数も少なかったし、事務所もなかったので、渡辺さんの家が事務所だったのは、長かったですね。渡辺さんは奥さんと二人で実務をやっていて、時々僕も行って手伝ってた。若い連中は交替でかなり行って手伝っていましたね。

そんなことで、渡辺さんから受けた影響は、思想面のほうが大きかったなという気がしていますね。渡辺さんの作品やなにかも、かなり読んだ記憶があるんだけれども、その印象としては、空穂さんの指導を受けていたせいもあって、文語定形歌は上手い人なんです。すごく上手い人なんだけれども、生活派短歌・プロレタリア短歌時代になるにしたがってそういう影響を受けて、口語自由律みたいになっていって、空穂門下で一生懸命作っていたころとも う、ほとんど変わっちゃうんですね。そこらあたりから、「順三の歌は下手だ」という評価が出てくるわけです。だけれども、本当は文

下北沢の自宅庭で渡辺順三夫妻と著者
（1955年夏・順三61歳、著者27歳）

語的な定形歌というのは上手な人でっちゃって、ある程度自然体になっちゃって、自然のままに構えて行を変えて作っていたから、それが、ありきたりに見えたりして、過小評価になったのかな、と。そういう人間的な魅力みたいなものが、研究の始まりでしたかね。

しかし、今になって考えると、どうして生きているうちにここは聞いておかなかったかとか、ここはどうか、っていうことがたくさんあるわけですよ。だからやっぱり、書こうという気になったのが遅すぎたと思うんですね。そこは今、後悔してるところですね。

――　当然、戦前とか戦中には面識がなかったとは思うんですけれども、そういったころの話は、渡辺さんから、何らかの話を聞かれたりしたことはありますか。

碓田　あ、そういう話は、お茶飲み話でよくしてくれましたよ。

これは、戦前・戦後の話ですけど、渡辺さんというのは、妙に「義理堅い」とは違う、何といったらいいか、信義を重んずるというか、こういう話があるんです。

林田茂雄がどこかに書いているんですが、林田さんが戦争中、地下印刷局員だったんです、「赤旗（せっき）」の。池袋あたりに（地下）印刷所（にするところ）を見つけるわけです。その印刷所のおやじは普通の人だから、何を印刷するのかわからないけれども、まあ、同人誌を作るみたいな話でもっていくわけ。それでだんだん人柄を見ながら、難しい内容のものも出していくようにしたんだと思うんですけどね、その地下印刷所のご主人が、「赤旗（せっき）」の活字版をはじめたころかな、林田さんが、唯研事件（唯物論研究会事件）というのがあって、特高に捕まって調べられるんですが、雨の日に印刷所の主人夫婦が面会にくるんです。特高（取り調べ）室は二階だから、傘さして来るのが見えるんですけど、門からは入れないんですね。「おい、林田。今日も来てるよ」と調べの最中に特高に言われて、林田さんが見ると、門のところに印刷所の夫婦が傘さしている、さし入れにきたんでしょうかね。（窓から）顔を出したら向こうも分かったんでしょう、こういうふうに（頭上で左右の手を組む仕草）、握手をして見せるわけです、門のところで。それが林田さんにも見えて意味が分かるわけですよ。それで彼も、特高室からこう（同じ仕草で）やった。「握らぬ握手」というので、林田さんが戦後に、エッセイかなにかの中に書いている。印刷所は、特高につぶされてしまって、その話はそれで終わっちゃうんだけど、戦後になって渡辺さんが代々木病院に入院して、死ぬ一週間ぐらい前だったか、林田さんが見舞いにいったときに、その昔むかしの話を持ち出して、「じつはあの男は、俺の印刷所にいた男だよ」と。「俺の印刷所」というのは、渡辺さんが家具屋の小僧をやめて、退職金で池袋に光文社という印刷所をつくる（一九二三年）わけです。そのころは活字を拾ってつくる。ここで雇った印刷工が（鬼若さんという）、どこか印刷所を作りたいといったときにちょっと世話をした、と。要するに渡辺さんが使ってた職人さんだったということを、死ぬ一週間ほど前に、林田さんに話しているんですね。そんなこと、秘密にすることでもなんでもないことなんです。もう戦後だったから。一九七二年でしょ、渡辺さんが亡くなったのは。戦後三十年近く誰にも話さなかった。聞く人がいなかったから話さなかったということもあるし、余計なことは言う必要はないと。戦前からそういう考えだったと思いますね。特高にも捕まったりしていますが、話す必要がないと思ったら話さない。

渡辺さんが党に入ったのは戦後です。戦前は党員じゃなかったけれども、「入りたい」って言ったら、林田さんはじめみんなが止めたわけです。渡辺順三がパクられて留置所に行ったら、「体がもたない、死んじゃう」と。だから共産党には入れさせないほうがいいというのが、当時の若い連中の考えだったんです。だから、渡辺さんの印刷所で、プロレタリア短歌運動の始めのころの雑誌やなんかを、渡辺さんが活字を拾って刷って出していたにもかかわらず、印刷発行人は渡辺さんになってないですよね。林田茂雄になっていたり、花岡謙二という自由律の歌人になっていたり。そういう配慮とか思いやりというのは、なかなかできないですよね。

プロレタリア短歌運動の雑誌が、相次いで弾圧され潰されだしていくそういう時期に、林田さんは、「お前が一番慣れているから発行人になれ」といわれて、歌は下手くそなのに（笑い）発行人にされて、表面に出る時は、林田さんが責任者になっている。そういうこともあったりします。

――いまの話、なかなか面白いですね。

碓田　人柄がよく出てますよね。

それと、坪野哲久なんか若い時期ですからね。渡辺さんとはずっと年が離れている。そのころは東洋大学の学生で、伊沢信平というのが東大の学生で、そういう学生連中が取り巻きでいたわけです。だから、渡辺さんは年が離れているし、一応分別もあったから、特高に捕まっていじめられると、「ああ、もうイヤ。こんなことは二度としまい」と思うわけですよ。それで、ごめんなさいというのを、あまりこだわらないで言う人だと思うんですね。特高にどういうふうに言ったか分からないけど、「渡辺、お前もう二度とやるなよ」「ハイ、分かりました」みたいなこと言って出てくる。そうすると若い連中が来て、「我らのワタジュン（渡順）帰る！」とこういう感じになる（笑い）。「ワタジュン」なんて持ち上げられちゃうと、もう調べ室で言ったこと忘れちゃう、それでまた、同じことやり始めるんです。

――戦後にＧＨＱのところへ行って、「詫び状」書かされるんですよね。素直に詫びを書いたんですね……。

碓田　あれはびっくりしましたよ。資料を調べていて、詫び状があると分かって。だれも知らなかったんですよね、僕が調べるまで。渡辺さん自身も、そんなこと一言も言ったことないんです。「僕はＧＨＱで詫び状書かされた」なんてね。一度も言ったことない。

――そういった意味では「柔軟」な人だったのかもしれない？

碓田　その「柔軟」というのはね、やっぱり原則がしっかりしていたから柔軟にできたんだよね。ただのっぺらぼうに柔らかいんじゃなくてね。本当の柔らかさは、芯が強くないとできないですよ。

――そうですね。ただ強いとポキッと折れたりしますから。

碓田　そういう「うち」と「そと」の関係は世阿弥の芸術論やなんかでも僕は感じる

んですよ。つまり世阿弥が『風姿花伝』で「怒れる風体にせん時は、内面は柔らかなる心を忘るべからず」、怒りの所作のときに、能を舞う人自身の心も荒ぶっていたら所作全体が荒れたものになってしまう、と。強さではなく荒れたものになる――それは必ずしも芸術論だけの話でなく、生きるうえでもそういうことはあると思うんですね。

――今度の本の巻末の資料として、特高の「意見書」というのが、わりあい長いものが載っていて、これ読んでも確かに、いわゆる共産党員ではない、と調書でも明らかになったりして、なかなかしぶとい感じで調書とられてる感じがしますね。

さっきの印刷所の話とか、それから渡辺順三さんは決して下手な歌詠みではなかった、という話もありますけど、そのへんのところ、（療養に行っていた）小田原時代は一連の文学仲間がいますよね、福田正夫とか、一緒に印刷所を始めた井上康文とか。このとき、白鳥省吾や百田宗治などの詩人たちとが、同じそういうことをしていたのは初めて知りまして、ちょっと驚いています。この時期の影響というか、相互にどうだったんでしょう。

雑誌『民衆』と詩作のこと

碓田　小田原には、鏑木家具店の別荘みたいなのがあって、渡辺さんは家具屋にとって一番番頭で大事だから、病気でやめられちゃうと困るから、静養させるわけですよ。地域にたまたま詩人がいたということもあるし、ちょうど時代が大正デモクラシーの時代だったんじゃないかと思うんですね。それで『民衆』という詩の雑誌を発刊することになって、そこに誘われて詩を書きだすんですね。だから、最初の『民衆』誌の1、2号は短歌ですけど、あとはずっと詩を書いていて、旺盛に詩を書くわけですよ。あのまま続いていたらかなり有名な詩人になっていたかもしれないけど。ところが、僕の感じでは、母親が亡くなって、それが契機になってもう一度短歌に戻る、ということがあったんだと思いますね。

――この本にも書いてありますけど、当時誰だかにさかんに詩を書いたほうがいいとすすめられて一生懸命書いたと。で、その当時の詩を全部捨てちゃったというか、残していないと書いていますね。

碓田　一つも残してないんですよね、ノートに。短歌の場合は歌集とか、発表した雑誌とかが残っているわけです。だから、自分の詩を載せた『民衆』という雑誌が当時あったんですよね、今、復刻版しかないですけど。その『民衆』とっとけばよかったんですよ。だけど、「詩は俺の本業じゃない」と思ったんでしょうね、詩の掲載誌は全然残してない。一冊の雑誌すら残してない。これはガサ入れで特高にとられたというのとは違うと思いますね。内容的にひっかかるようなものでは、全然なかったから。

──いくつかこの本（『渡辺順三研究』）の中には収録されていますけど。そうしますとこの当時書いた詩は、渡辺順三さん自身のいろんな本の中にもはいってないわけですか？

碓田　ええ、はいってないです。渡辺さん自身が記憶してないのだから。書いたという記憶はあるけど、どういう題でどういう内容かというのは──。一つだけ覚えていたのは「俺は狂気するだろう」かな。これは『民衆』誌の巻頭に載せられてたんですね。それは評価されたから覚えているけれども、そのほかかなり面白い詩があるのに、そういうことは一切覚えてないんです。覚えてないというか、その当時の心境を推し量ると「忘れよう」としていたのかもしれないですね。詩に行ったときの自分の心が健全でないと思ったのかもしれない。

——ちょっと飛んでしまうかもしれませんが、その辺のところと「詩への解消」論というのはどういう関わりなんでしょうか？　多少詩を書いていたからというようなことは……。

碓田　それはまったく関係ない、と思いますね。「詩への解消論」は、ひとつには運動論の問題があって、もうひとつは議論の問題があって、そういう全体の流れのなかでそういう方向に行かざるを得なかったということが、全体的にあったと思うんですね。だから、大きく渡辺さんが旗を振ったというわけではないんですね。「詩への解消論」あたりはやや受け身的に、「渡順帰る」式で、お山の大将みたいにまつりあげられていたもんだから、大将が後ろに引っ込んでいるわけにはいかない。それでついていったというかね……。

「詩への解消論」で、やっぱり坪野哲久なんかは、かなり旗振り役でやったんじゃないですか。あのころの作品を見るとべらぼうに長いのがあってね、山田あきもそうですけどね。渡辺さんも結構変なの書いてるんだけど、それはいっさい歌集には出してない、やっぱり恥ずかしかったんでしょう、あんなの。これが短歌かっていうような。でもそのころはそういうのを変に思わないという時代の情勢があったんでしょうね。今想像しようにも、想像しがたいですけどね。

――啄木への関心はきっかけがあって近づいたのでしょうけれど、啄木のうたや評論だけでなく、「大逆事件」にあれだけの強い関心をよせている――碓田さんの本のどこかにも書いてあるんですけど、順三も「大逆事件」に、啄木と同等以上に強い関心をもっていたと。それと、びっくりしたのは（順三さんの）生い立ちのところ、お母さんのエイさんが働いていたのが、なんと「大逆事件」など三つの事件（凶徒聚集事件・赤旗事件）が紹介してありますけど、それを全部手掛けていた検事総長の河村善益の家だったという、偶然というか、因縁というか、その辺のところはどうだったんでしょうね。

「大逆事件」をめぐる因縁

碓田　河村善益という人は、加賀藩の、昔流にいうと士族なわけです。維新の直後ぐらいに東京へ出てきて、司法省法学校といったかな、後に東京帝国大学の法学部になるのですけど、そこに入るんですよね。薩摩出身の校長とぶつかって数人の学生は放校処分を受けるのですが、加賀の河村はどちらにも加担しないでまじめに卒業して、エリート法務官僚として出世していく。で、富山藩は加賀の支藩で、渡辺さんのおじいさんの順三郎尚義という人は富山藩でも有名な人だったから、加賀藩の人にも知られていて、渡辺さんのおかあさんが上京を決意したときに斡旋をしたのが、加賀藩出身の弁護士だったんです。

弁護士だから検事なんかも知ってる。その紹介で河村さんのところに住み込むことになるわけですね。渡辺さんも戦後しばらくまでは、河村善益が「大逆事件」に関係していたとは知らなかった。

「大逆事件」を渡辺さん自身が研究していくなかで、検事調書とか資料が出てきて、そこではじめて「俺のおふくろがいたお屋敷だ」となる。

――「大逆事件」その他の重大事件をフレームアップした、いってみれば真ん中にいて指揮をとっていた人の家でしょ。それを渡辺さんが若いころに知っていれば、なんなんだということで、大変な反発をするところでしょうが、後で知ったということですね。

碓田　ま、東京控訴院の検事長だと知っていても、それがどのくらいの役目かも分からなかった。それで、渡辺さんが家具屋に奉公していて薮入りになるとおふくろさんのところへ行くと、おふくろさんが「お上からもらったお菓子ですよ」と言ってお菓子（干菓子）をくれる。と、そのことは渡辺さんも書いている。そのとき「お上から」というのを、渡辺さんはお正月などに（お屋敷の）奥さんを通じて河村善益からもらったものと思っていたらしいことが、文献などから読み取れるんです。ところがじつはそれはもっと上、明治天皇だったわけです。「お上」というのは。

河村善益というのは昔でいうと、紀元節や、四方拝とか四大節などの行事のときは、宮中に招かれて「ご陪食を賜る」……昔流にいうとね。そのときに汁物とかその場で食べるものと、持ち帰るようになっているものとがあって、持って帰ったなかに干菓子などがあって、河村善益が子どもたちにわけたりする。それを奥さんが、女中のエイ（順三の母）にも二つ三つあげたのでしょう。それを薮入りの日までとっておいて倅に食べさせる、ということでエイさん自身も「お上からいただいた」という言い方したけれども、よく分かっていなかったんじゃないかと。河村善益はお偉いさんだから、住み込み女中からみれば「お上」といってもおかしくないわけでね。河村善益の伝記をいろいろ調べているなかで、『河村善益先生』という伝記が非売品で出ていて、それを読んでいたら、それぞれの人が思い出を書いているんですが、「父がご陪食で干菓子をもらってきて、それを食べるのが楽しみだった」みたいのが書いてある。それを見たとき「これだっ！」って思いましたね。「お上」はこれだ！　と。

——お母さんのエイさんが、河村の家にいたのは四年ぐらいと書いてありましたね。で、「大逆事件」をフレームアップして指揮した中心人物だったというのは渡辺さんは知らなくて（戦後に知る）。しかし、会ったときに、直感的に、怖い顔してていい感情はもたなかった、と渡辺さん自身が、自伝『烈風の中を』で書いていますね。

碓田　それはやっぱり、渡辺さんのもっていた階級的な感情でしょうね。階級的な感性が、「どうも気に食わない」とね。写真を見るとそんなに毛嫌いするような顔じゃないんですよね、ひげをはやしたりしてますけど（笑い）。ただ、実際になまで見ると威圧されたり、人民をバカにしたような顔したりしてたんじゃないでしょうか（笑い）。

——面白いなと思ったのは、後ろのほうにあるエッセイで、エイさんの、「ちりめんの小布」のエピソードがありますね。これをみますと、河村家をやめてからもその娘たちとずっと親しくつきあっていたんですね。

碓田　それは渡辺さんが、死んでからの話ですから、渡辺さん自身は全然知らなかった。それは自分の母親が河村家の女中奉公をやめて（一九一一年）、そのころ義兄が青島（チンタオ）に行くことになるんです。渡辺さんのお姉さんが、その人の嫁さんで、いとこ同士の結婚です。そのころ第一次欧州大戦で日本はドイツとけんかしていて、青島を占領するわけですね、だから治安維持とか軍関係の仕事かなんかでしょう。それで青島に赴任するというので、その機会にお母さんは娘夫婦と行くことになる。で、姉夫婦が、お母さんと青島から帰ってきて、西大久保に家を借りたんでしょうね。それで、渡辺さんは通い番頭としてそこから通うことになる。

――これまで周辺の話をいろいろ聞いてきたんですが、この『渡辺順三研究』の本で評論についてもいろいろ書いてあって、おもしろいなと思ったんですけど。

例えば『階級戦の一隅から』(一九二九年・紅玉堂)というのがありますね。この中にいくつかの文章がありますけれど「二、三の問題」というのも取り上げられています。その中でさらに用語論の問題、形式の問題、それから自由律について、「口語歌における凝集力の乏しさ」云々とありますが、現在の協会(の行分け作品について)にぴったりあてはまる。そのあたりを少しお話ししてもらえたら。

「詩への解消」論と「伝統と創造」

雁田　そう、ぴったりです。『階級戦の一隅から』というのは、僕は半世紀近くも一ツ橋の教育会館にいたから、昼休みにあの辺の古本屋街歩くのが散歩コースで、それで、この本をみつけたから、ずいぶん古くから持っていたんです。で、改めてこの評論を書くときに読み直してみて、これは「行分け」の人たちが一生懸命読むべきではないかと思ったことがあった。いまの行分け短歌の弱点というか問題点を、非常に的確に指摘していた、と思うんですね。それは、渡辺さんが「文語定形」をかなり知っていたからです。文語定形に習熟していなければ、多分言えなかったでしょう。凝集のこととかね。で逆に、現代の口語短歌の問題でいうと、行分けの人たちは、もっと文語定形を、文語でなくても定形短歌をもう一度勉強し直す必要があるんじゃないか、そこでの問題点を、どう発展させるか、つまり渡辺さんの頭の中では、文語定形の次の発展形態が「行分け自由律」、自由律とはいっても、そこには短歌の5・7・5・7・7というリズムがそれ自身ではないにしても、作品の底にはそういう韻律の流れがあると。定形短歌の次の発展をそう考えていたんだと思う。それと、定形のもっている優れた点は当然引き継がないといけない、と。それから、なんとなくメロメロした抒情性というのは当然克服していくべきだ、そういうふうに発展させていくものと、克服しなければならないものとを頭の中に描いていた。そういうことでそのころの自由律というものをみると、そういう継承になっていない、受け継いでいない、と。それは今でもいえるんじゃないですかね。

口語自由律をもっと発展させるには、文語定形をもっと本気になって学ぶ必要があるんじゃないかと思いますね。それはいろんな点で言えると思うんですよ。辻井喬がしょっちゅう言っている「伝統と創造の問題」というのがあるでしょ。創造というのは伝統の中から生み出される、古さの認識がどれだけ深いかということによって新しさを掴むことができる——この論理は大変重要だと思うんですよね。

ところがある点から切っちゃって、「ここから先は新しい、これより前のことは古い」とかそういう区分けではは、創造はできないですね。そういう「伝統と創造」の捉え方が、渡辺さんの中にあったと思うんです。それはやはり、窪田空穂の門下生として、定形短歌を一生懸命作っていた、そういう時期がそれを言わせているんですね。

──いま、自由律のお話がありましたけど、「短歌のもつ微妙な魅力の放棄につながっている」と指摘されていますけど、この辺は私も非常に感じるところがありました。

碓田　これは『新日本歌人』の行方にもなるんだけど、『新日本歌人』というのは、「どういう性格をもって、どう発展していくのか」という場合に、今の論を少し拡大して考えればはっきりすることで、古いものを否定しては発展できないですよね。だから、近年とは限らないけれど、近代短歌の歴史の中から積極的なものはきちっと受け止めてそれを消化して、短歌革新として発展させる、もちろん、万葉・古今を含めて、ほかの日本の伝統的文学についてもいえることですが。

ちょっと話がはなれるけれど、それをプロレタリア短歌の場合はそういう「伝統・創造論」ではなかったわけです。古いのは「切る」、5・7・5・7・7は封建的だ、と遮断するんですよ。遮断するから、そこから新しさは生まれない、見た目は新しいけれど。視覚的に行が並んでいるとか、意味的に何か政治的なスローガンが導入されるとか、そういう新しさはあるけれども、伝統的に日本の短歌がもってきた積極的部分というのは切ってしまった。積極的部分も含めてスッパリと「縁切りですよ」、「ここからが私たちのプロレタリア短歌です」とね。「伝統」と「創造」との関係の捉え方のもろさというか、幼さというか、そのへんが限界だったんですね。

——そのへんのことについて、渡辺順三さんも反省しながら、自己批判的に書いてらっしゃる。もう一つ、これも初めて知ったんですけれども、「詩への解消論」の理論的な指導的立場の一人であった林田さんが、その後は「八代集」を全部読んだとエピソードに書いてあって、びっくりしました。

碓田　あれは、林田さんが個人的に手紙でいってきた。あの人はなんかあるとすぐ手紙書くんですよ。僕のところにも大分手紙があるんだけれど、中にそういうことが書いてあるんだよね。哲学者だから、非常に面白いことを書いてくる。例えば、「獄中が一番自由だよ」って。え、なんで？　って聞くと、要するに、監獄に入るのがいやだったら転向すればいいんだ、と、監獄に入ったのは自分の自由な意志で入ったんだ。だから自由なんだ。空間的に閉じ込められているという考え方ではなく、人間の意志の選択が自由かどうかという点で、今いるところが自由かどうか考えているんです。監獄がいやだったら特高に捕まったときに、「ごめんなさい」と謝ってそこで転向しちゃえば、監獄に入れられなくていいわけですよ。しかし、それが本当に人間的に自由か？　となると「それは違う」というのが林田さんの考えなんですね。そういう、面白くて深みがある人でしたね。

――あと、第二評論集の『短歌の諸問題』（一九三四年・ナウカ社）。この中で特にとりあげられている「新しき出発への道標」の中で、第一には、実作における作者の思想と表現としての作品との関係、ということでこのへんのことが政治詠・社会詠・素材主義との関わりでいろいろと書かれている。それともう一つは、批評の問題、批評のありかた、ですよね。あとはいわゆる「短歌から詩へ」、これは渡辺さん自身も啄木の「歌のいろ〳〵」の本来啄木の評論がもっていた弱点もそのまま踏襲しちゃったと、指摘なさってますけど。

碓田　あれは、啄木がもっていた、若いゆえに掴めなかった詩の形の問題ですね。なんでも自由で、とっぱらっていけばいいという、そんな話じゃなかったかと思うんですね。

これを書いた時に、もう少しページに余裕があれば書きたかったのは、渡辺さんの『短歌の諸問題』にふくまれている「新しき出発……」は〝正確〟にいうと僕の感じでは、「新しき『半分の』出発」だと思っているんですよ。つまりね、きちっと自己批判してないところがあるんです。詩への解消問題で、なんとなくすっきりしないところがあるんですね。それは周りが時代の流れとして詩への解消の方に流れていった、自分も責任者として旗を振って、これこそが正しい道だとやってきた。その中でいくつかの問題があって、いくつかの問題についてはきちっと整理したんだけど、詩へ解消していくという、そのことの根本問題については掘り下げが甘いんですよ。「半分の出発」というのはかわいそうだけど（笑い）。かなり大事なことで、残された問題があるっていうことは、渡辺さん分かってたんですよね。ですから、その後で書かれた評論では、そこはスカーッとうまくしてるんですね。そこのところ、付け加えればよかったんだけど、ちょっと書ききれなくて（残念）だった……。

――この中で碓田さんが日ごろよくおっしゃっていることで、（プロレタリア短歌運動の）「最大の弱点は、（中略）、芸術の根底にある感動の表出を軽視し、『コトがら』を歌うことを先行、重視したことにあった」とありますが。

碓田　プロレタリア短歌は、「ことがら」をこそ重視したんですね。それが外から見るとスローガン短歌に見えるわけですね。しかし時代は、スローガン的に明確にいうことが、時代の要請にかなっていたということが、客観的にあったと思います。遠回しに比喩を使っていっても打撃にならない、やはり「ズバリ」ということが革新としては必要なんだというような。それを、短歌の分野だけが「そういうのは間違いだ」というとちょっと正確じゃないなという気がする。時代の状況のなかで、そうした、そうさせられてきた主体的な弱さと、客観的な条件と、両方からよく観ていかないと。狭い歌の領域の中だけで、これは機械的だ、スローガン的だというのはちょっと不十分かな。その時代はその時代で、それこそ生きる道だと思ったに違いないんですね。

――いろいろ伺ってきましたが、碓田さんの場合、いろいろ挙げればきりがないんですが、渡辺順三だけでなく、石川啄木、それから石上露子ですね。この三人についてかなり中心的に書いてこられていますが、そういった先進者の研究をしていく意味合いといいますか、変な質問かもしれませんが、そういうのはどうなのでしょうか。

先行者たちの研究について

碓田　『新日本歌人』に入ってからの問題意識というのは、『新日本歌人』は単なる結社ではなくて、もっと壮大なんですね。『新日本歌人』の行き先というか、位置づけというのは。それは渡辺さんのころからずっとなんですけれども、戦前のプロレタリア短歌運動の弱点を克服して、積極面を継承していく。その場合に『新日本歌人』というのは、日本の短歌を新しい次元に革新していくんだと。そうするとさっきの「伝統と創造」だけど、日本の近代に限ってもいいんですけど、近代短歌の、あるいは『万葉集』にさかのぼって考えれば、民族的な文学遺産の積極的な部分は継承していく。そして新しい詩を創造していくというのが、『新日本歌人』の柱になっていると思うんです。そういうことで渡辺さん自身も啄木研究、特に「大逆事件」なんかも研究したんだと思うけど、しかし、「大逆事件」はでかい問題だからそれ一つであとやることが（なかったとか――笑い）。

僕の場合は啄木とのかかわりが子どもの時からあったから、それをいろいろ引きずっていたときに『新日本歌人』と出会って、渡辺さんが「大逆事件」を研究している中で影響されて、後追いみたいなかたちで「大逆事件」や啄木のことを研究するようになったんです。啄木もそんなに意識的に捉えていたわけじゃなくて、いわば感傷というか、自分のセンチメンタルな感情にうまく触れてくるから好きだったんですね。それが戦前です。

戦後の場合は意味がだんだん『新日本歌人』の中で分かってきて、積極的な意味合いを探そうということになってきたわけですけれども、「啄木」という軸を立てると僕の中では、一本、少年のころからのそれは通っているわけです。その隣りぐらいに渡辺順三論が出てくる。啄木を調べる上で『明星』という雑誌ははずせないから『明星』をいろいろ調べている時に、石上露子が出てくるんです。だから石上露子は、いちばん新参者なんです、僕のなかでは（笑い）。だから、石上露子にはまだ研究領域はたくさんあると思うけれども。地元は結構評価していますけれど。

―― 今日は順三さんのことを中心に話していただきましたけれども、渡辺順三さんと、そんなに正面からの出会いをしていない協会の会員は多いと思うんですけども、碓田さんから、そういった人たちへのアプローチの方法で、一番初歩的な〝渡辺順三入門〟はどのあたりから取りついていくと入りやすいんでしょうか。

碓田 そうですね、一般論としてね、いつか佐土原さんが生きているころ、協会に入った人が止めるとか『新日本歌人』は分からないといっているので、どうしたらいいかって話で、僕は「『新日本歌人』の歴史を新しい人に話さないとケリはつかないよ」と言った覚えがあるんです。

それがいま、何百もある短歌結社の一つにされてるんですよ。これは歌壇マスコミも悪いんだけど、結社はどこですかと聞かれて、『新日本歌人』と、結社しか書く欄がないから書いてしまうんだけれども、しかし、『新日本歌人』は創立の宣言からいっても、結社を超えてすべての結社の中にある革新的な短歌を新しくしていきたいという人たちを結集していくそういう組織だから、どこどこにいま入ってます、ということでもそれは別に駄目とはいわない。他の結社に入っていても、それは一切問題にしないという立場をとってきたんですよね。

そういう『新日本歌人』の性格とか戦前からの闘い、活動の歴史とか、そういうものを新しい人たちにある程度受け渡していかないと、定着しないと思うんです。あっちのほうに甘い水があるよというとそっちのほうへ行っちゃう。例えば他では、十首の作品を出すと全部載せてくれるけど、『新日本歌人』は八首だしても五首か四首ぐらいしかとらない、というふうになるとそっちへいっちゃう。でも四首になっても三首になっても『新日本歌人』がいいんだと、こっちのほうが歴史的に意味があるんだという、そういう理解をしてもらうには、歌を作って雑誌に発表しているだけでは不十分なわけです。そういう歴史認識みたいなことを強めることが、協会全体としても歩留まりをよくしていくということにもなるはずですね。最近は、入って止めるというよりも高齢でという理由が多くなっているみたいですが。

しかし、インターネットで入ってくる人はそういう（歴史認識の）歯止めがないと、どうかするとやはり有名歌人のいるところへ流れてしまうんですね。いわば『新日本歌人』の真髄というのは知られていない。歌壇だけじゃないですよ、会員の中にも不十分なわけです。

今度、三枝（昂之）さんに僕の歌集『花昏からず』を贈ったら、彼は「『新日本歌人』を見直しました」ってはがきをくれた。何を見直したかっていうと今までは観念的に考えていたが、実際はそうじゃないということが分かったと。つまり、『新日本歌人』を読みもしないで伝統的に歌が下手だとか、スローガンだとか、言ってきている。そういう歌壇マスコミの風潮に対して我々は、もう少し分からせるにはどうしたらいいのか、自分たちはいいんだと、自覚しなきゃ人には言えないですよね。『新日本歌人』に入っている喜びとか誇りみたいなものがまずあって、そして作品つくっていくという、そういうことが必要なんじゃないか。そういう中で、そのよさを分かってもらう方法として、渡辺順三みたいな人がいたよとかですね。順三の魅力ということの大事な一つは人間的な魅力なわけです。そこに歌もくっつきますけどね。戦後の渡辺さんの生活考えてみると、定職なしなわけです。歌は歌壇では下手だといわれているし（笑い）、にもかかわらず、歌以外にやろうとしない。思いつかない、それだけしかないという謙虚な自我意識なのかもしれないですけどね。戦前の場合は大地堂という古本屋を一時期やっていたことはありますけど、商売はむかなかったんでしょうね。歌に対する一念というのは見習うべきでしょうね。

――戦前・戦中の渡辺さんの活躍、活動があったからでもあるんでしょうが、戦後『人民短歌』が創刊されてその前後というのは、渡辺さんもかなり幅広い歌壇の人たちといろんなかたちで共同してますよね。面識がないので私にはわかりませんが、社交家でもなんでもなかったと思われるのですが、いろんな人が集まって交流があったというのは、やはり人間的な魅力が、そうさせたということでしょうか。

幅広い共同——人間的信頼のなかで

碓田　やはり人間的な魅力があったと思うんですね。評論やなんかで論争するときは、ものすごく厳しく論争するんだけれども、人間対人間で話し合う時はそれは当然のことだけど、論争相手にもしこりを残さない。そこは文章の問題じゃなくて、人間の問題じゃないかという気がするんですね。どんなに手厳しく批判しても、会うと「やあやあ」という、そういうなつかしさみたいなものを感じさせる人なんですね、渡辺順三という人は。戦後はそういう人たちの付き合いもあったと思いますね。

戦後、『新日本歌人』がだんだん政治的になって、イデオロギー的になって、そして歌壇の中から、順三たちの活動の場所が狭められてきた、それは自業自得だみたいにいう物書きもいますけど、それは全然そうじゃなくて、例えば篠弘の短歌史や何か読んでも、『人民短歌』が後退する時期、『六十年史』にも書きましたけど、そこにものすごい出版問題が出てくるんです、紙のこととか占領軍による出版統制の問題とか、それでパニックみたいな状況が起こって、それと『新日本歌人』が、新興出版社が商売としてやってた雑誌を、自前で会員制で発行しなきゃならなくなったという問題がダブってくるから、時代との動きをきちっと押さえて、そこから検証しないと、『新日本歌人』の評価というのは間違うんですね。おおかたは、時代の動きというものを深く検証しないで、常識的というか先入観的というか、プロレタリア短歌運動もそうですけど、だめになったのはイデオロギー的だったから（だと）。『新日本歌人』が、戦後『人民短歌』ができたころはすごく輝かしかったけれども、いまは、一流派、結社誌になってしまったみたいなね。今もあるんですよ、『新日本歌人』は歌が下手で、イデオロギー的でって、伝説的につたわっている。だけれどもそれは、われわれのいろんな努力のなかで、全体的に状況との関係で短歌をみていかないと、真実は掴めないということだと思うんです。

――協会の中で、ある意味で引っ張っていってもらった赤木健介さんとか、佐々木妙二さんとか、と渡辺さんというのはどういう感じだったのですか？

碓田　二人とも渡辺さんを全幅的に信頼してました。それは細かいことでは意見の違いとかあるけれども、しかし、人間的にすごく信頼してたんですね。渡辺さんは、それでおごり高ぶることもなくて、同じ仲間としてつきあっていた。

例えば、赤木さんの場合でいうと、渡辺さんは歌ひと筋で、六〇年代にはみんなからカンパ集めて、あのころ月三万円だったかな、渡辺さんに「活動費」として援助していた時期があるんです。それは六〇年代ずっと続いたと思うんですけど。それもいろんな事情があって切っちゃったんですけど、要するに定職がなかった人だから、赤木さんがものすごく心配して、春秋社の編集をやっていたから、一生懸命いろいろ考えて、万葉秀歌、中世和歌、明治秀歌とか民衆秀歌とか、そういうシリーズものを企画して、渡辺さんに『民衆秀歌』だったかな、一冊書かせるとか、それから僕もちょっと関係したけど『新編石川啄木集』というの六冊（と別巻）ぐらい出しているかなあ、六十年代の初めごろですけど。そして編集を石川正雄と渡辺さんというふうにして、生活できるように考える。『定本近代短歌史』（上・下）も春秋社でしょ。赤木さんはいつも、渡辺さんの生活のことを考えて、どういうものを渡辺さんの力量で書かせるかということを立案して、社長のところへもっていくわけです。すると「売れるのか売れないのか」（笑い）の話になる。でも、次つぎ企画を出してるところみると、きっと、「売れるよ」（笑い）と社長に返答していたに違いない。赤木さんが春秋社にいたころ、渡辺さんがかみあった出版というのはものすごく多いんです。そういうふうにして渡辺さんの経済生活を支えたんです。

佐々木さんのほうは、産科の医者ということもあって、三人の中では一番お金持ちだったんですね。僕らもはっきりは知らないのだけど、密かに毎月カンパをあげていたようですね。ですから赤木さんと佐々木さんがいなかったら、渡辺さんは、あれだけの仕事をしながら生きられたかどうか（笑い）。

そんな中でも、細かい点の意見の違いはあったでしょうね。渡辺さんも非常に苦しい時期があって、例えば、『人民文学』と『新日本文学』が対立した時、そこで宮本百合子に対する攻撃があった。そのとき『人民文学』の一翼に赤木さんが編集でいるわけですよ。そういう時期でも二人は『新日本歌人』では、割れなかった。ただ、悩みは出ていますよね。「心乱るることありて」、これは『順三全歌集』にありますけど、読んでいて何をいっているのか分からなかった。しかしそれは、五〇年問題やなんかで、『新日本歌人』にもいろんな人がいて、赤木さんなども、今読むと随分ひどいこと書いたなというようなことがあるけど、それはそれ、しかし『新日本歌人』では一緒だ、と。そういう思いで渡辺さんもやっていたし、そこは赤木さんも心得ていたと思いますね。

―― 渡辺順三さんは多喜二にはもちろん会っているんですよね。それで佐々木妙二さんは学校が先輩と後輩だったから共通性はあるとして、多喜二への渡辺さんと佐々木さんの思いはそれぞれどうだったんでしょうね。

小林多喜二と渡辺順三、佐々木妙二

碓田 渡辺さんと多喜二とのテーマ、問題になったこと、佐々木さんと多喜二の間で問題になったこと、いずれも短歌だと思います。

戦前ですけど、小林多喜二が作家同盟の書記長だったかの時代に、会議をやっているときに渡辺さんは二、三回会ったらしいんだけれど、プロレタリア短歌運動の初期のころ一九二〇年代後半の時期かと思うんだけど、「こんなのは歌じゃない」と言われた時期があるんです、多喜二に。多喜二は若いころから啄木が好きで短歌をつくっていたから、一つの見解をもち、かなり感覚はすごかったと思うんです。当時、『短歌戦線』『短歌前衛』のころは、渡辺さんはじめ、みんな棒切れ短歌みたいなの作っていた時期でしょ。あとになって考えれば、多喜二の言ったことに「なるほど」と納得したに違いないんですが、言われた当座は「なにを、分かりもしないで」ぐらいに思ったかもしれない。「こんな棒切れみたいな歌作って……」と多喜二に言われたと、よく言ってました。

多喜二の短歌についての理解ですけど、僕は啄木論の中で何回か書いたんですけど、田口タキへの手紙のことです。大正期の啄木歌集には『一握の砂』と『悲しき玩具』が一緒に入っているのがあって、それをタキに送ってやるんです。で、啄木の歌についてこういうのは覚えたらいいよ、と丸をして送っている。丸をしてあるのを『一握の砂』でみると、明治四十三年作が圧倒的に多い。明治四十三年というのは、「大逆事件」が起こり、「韓国併合」が起こる、内外ともに激動している時代ですね。そういう時期に作った啄木の歌を、多喜二は一番多く選んでるんです。『一握の砂』全体が、明治四十三年作が中心ですから、ある程度当然といえなくはないけど、（明治）四十三年以外の歌は選んでない。ところが大正期に出た啄木歌集というのは、作歌年代というのは戦前だから分からないんです。いま読んでも『一握の砂』に作歌年代は書いてないでしょ。しかし、啄木は「おれの歌風は明治四十三年作だ」という自負にたっていたと思うんですね。それを多喜二は的確にみて、明治四十三年の作品だけを選んでいる。この眼力というのは、すごい眼力だと思ったんですよ。

多喜二は「啄木会」を小樽につくるくらいの人だったから、啄木が好きで、その底に短歌が好きだっていうのがあったんですね。それで、小樽高商にいくわけですが、そこで一級下に佐々木妙二がいて、そのころ自由律的な歌も作ってて、自分では「おれは文学青年」なんていささか得意な（笑い）面もあったんじゃないかな。それがどうも歌にいきづまって多喜二に相談したんでしょうね。すると「お前それは歌の問題じゃないよ、生き方だよ」と（笑い）多喜二に言われて、これがもう一生、先輩・小林多喜二から言われた言葉として離れないわけです。佐々木さんの生涯は、ガンと脳梗塞の二重の後遺症を抱えながら、一生懸命生きてきたのでした。

その仕事の研究と継承

──碓田さんの「あとがき」の終わりの方に、「今後のこととしては、これまでの順三研究の総まとめとして、いつか、しっかりした体系的な『評伝　渡辺順三』を書きたいと願っているが、──」と、そのあとちょっと気弱なこと書いていますが（笑い）、おおいに待望しておりますから、今までのものもさることながら、体系的な評伝もぜひ、期待させてください。いま、机の上のもの拝見すると、『年譜』（増補決定版）の上にも〈原本〉と書いてありますね。ということはまた（笑い）、ここに朱（あか）が入ってきてるのかと。

碓田　入ってるんです。

――そうでしょう。（笑い）。だから、これ（増補決定版）で終わりということじゃなくて、もしかしたらもう一回という感じもしましたけど。

それと、前にも何かの折りにちらっと話したことがありますが、渡辺順三さんの継承を新日本歌人協会全体として考える場合に、碓田さんの研究、年譜など本当に「よくぞここまで」と思いますが、例えば、「渡辺順三著作集」みたいなものとか「渡辺順三主要評論集」という形で残す、そういう新日本歌人協会全体の事業としてやっていかなければならない、と思うんですけど、どうでしょうか。

碓田　関心のある人が渡辺順三の歌集でも、評論でも、評論集は戦前のものは手に入りにくいと思うけど、歌集は『全歌集』があるし、その中の例えば『日本の地図』だけでも、あるいは『波動』を読んで、とかそういうことでお互に考えたことを文章化して蓄積していく、ということがほとんどないですね。順三研究は、僕がやっているからそれで、間に合わせている、あいつに任せておけばいい、みたいになっているのかわからないけど（笑い）、それじゃあどうしようもない。順三を継承するというの

渡辺順三研究関連の著書。『短歌の諸問題』『烈風の中を』『秘録 大逆事件』『定本 近代短歌史』

は、順三に関心をもつことは当然なんだけれども、関心というのは原典を読まないと関心は出てこないから、例えば、渡辺順三秀作歌とか作品抄とかそういうことで何人かの若手が、座談みたいに合評していくとか、方法はあると思うので、そういうことを企画して共通の関心をつくっていくのがいいんじゃないかなと思いますね。専門的な大枠については大体、できているかなと思うんですけど。まだ、細かいことについて、そのことはもう少しやる必要があるかなという部分がないわけではないです。

――今日、いろんなお話を聞きたいと思った動機の一つは、渡辺順三さんについては誰も系統的な研究をやってなくて、碓田さん一人の「専売特許」みたいにお任せで、大変な研究を長年にわたって随分いろんなものにあたったりしてやってらっしゃるんですけど、本格的な研究をする人というのが、今後の協会の中には、心もとないんです。この前、山本司さんが『坪野哲久』の評伝を書いていますけど、それ以外で、碓田さんの研究を継承していくような人がいなくて、途絶えてしまうんじゃないかと、心もとなさを感じるんです。協会の中で関心を高めていくためにも、渡辺順三さんが書いた「評論」や『定本近代短歌史』にしてもなかなか手に入りにくいということですが、ある程度、最低必要限のものは読めるようにすることで渡辺順三さんのやった仕事を残していく、継承することを考えなくてはと思います。場合によってはご遺族の方ともお話するということも含めてですね。

来年（二〇〇八年）の二月には渡辺家の方で催しをということですが、そのへんのことを少し……。

碓田　渡辺さんが亡くなって、仏教的にいうとそうなるんでしょうか、三十七回忌を、

『新日本歌人』の方からも参加してもらって、やりたいと。これまで新日本歌人協会が「順三忌」をやってますが、今度の法要を、進さん（順三さんの嗣子）も体調がすぐれないけれども、一つのけじめと考えているようです。去年（二〇〇六年）の『新日本歌人』一月号の表紙になった渡辺さんの歌を、墓石の空いているところに彫って、その「除幕式」とはいわないかもしれないが、をやりたい、と。二月二十六日祥月命日に法要のあと「除幕式」をして、協会のみなさんと会食をという、申し出です。

——　先頃は協会にも、多額のご寄付をしていただいています。

まだ聞き漏らしていることもあると思いますが、ひとまず、今日はありがとうございました。

—二〇〇七年十二月十四日採録—

（注）

① 記録・テープ起こし　城間百合子

② 本文中（　）内は、編集部補注。

③ 初出発表文の一部若干の字句修正をしている。

Ⅲ

追悼譜

1　花が咲く春前にして渡辺順三さんをおくる

渡辺順三さんが逝去された。二月二十六日午前八時十分、代々木病院の一室においてである。この朝、東京は雪がしんしんと降っていた。戦前、戦後を通じて、民主主義短歌運動の偉大な先達としての、苦闘に満ちた七十七年の生涯を閉じた。

ちょうど一年前の二月二十五日にも、心筋こうそくで危篤状態におちいったが、医師の努力と、驚くべき生命力でもち直した。こんどもきっと――と念じたが、ついに力つきたのである。

渡辺さんは、ここ二、三年来とくに病弱となり、一九七〇年の夏に奥さんに先だたれてからは、心身ともに弱くなったように感じられた。最後の入院は七〇年十一月八日であったから、五百日にも及ぶ闘病生活であった。いま、この一文を書きながら、私には万感胸に迫るおもいがある。

渡辺さんが、近代短歌の歴史のなかで果たしてきた、もっとも注目すべき業績は、終始一貫して階級的立場に立ち、働くものの清新な歌声を、全力をあげて盛り上げていくことに努力してきた点にあった。そして、啄木の「食ふべき詩」に主張されているように、詩を高踏的な、観念的な言葉のあそびからひきずりおろし、生きた人間生活の、生なましい現実とかかわり合わせながら、啄木以来の「生活派短歌」の伝統を受けつぎ、発展させてきたのである。

渡辺さんのこうした立場は、同時に、伝統短歌のもつ致命的な弱点としての、保守的、体制内的な性格に対するきびしい批判でもあった。日本の近代短歌は、正岡子規に象徴されるような「短歌革新」を、何人かの歌人によって試みられてきた。

しかし、渡辺さんのように、短歌のもっとも本質的な思想基盤にむけて、その理論と実作を対置してきた人はなかったのである。

『烈風の中を』出版記念会にて渡辺順三夫妻
（1960年10月8日、於国労会館）

渡辺さんは若いころから喀血をくり返すような病身であり、また貧しかった。それにもかかわらず、戦前は情熱を打ち込んでプロレタリア短歌運動の高揚のためにとりくみ、戦後はいち早く新日本歌人協会の結成に指導的な役割を果たし、民主主義短歌運動のために献身してきた。また多くの著作もしてきた。

渡辺さんは、いつも「これが最後の仕事だ」といっては筆をとっていたことを思い出す。『秘録大逆事件』（一九五九年、春秋社刊）の時がそうだった。

また、千七百枚におよぶ大著『近代短歌史』（一九六三年、春秋社刊）二巻を書いたときもそうであった。さらに、最近刊行された短歌自叙伝『烈風の中を』（東邦出版社）を書いているときも、そのことを繰り返していた。

私は、一九四九年に新日本歌人協会に入会した。それから二十年近い間、渡辺さんは一度として、私に短歌の技巧や表現などについて手ほどきがましいことはいわれなかった。しかし私は、渡辺さんの指導のもとにいて、限りなく学んできた。党への深い信頼、人間としての誠実さ、新日本歌人協会を守り発展させることの重要な意義など、総じて、人間としてのもっとも正しい生き方とは何かを、身をもって教えられてきたのである。私は、この深い恩愛を忘れることはできない。

もうすぐ花の咲く季節である。そして、そのあとに、渡辺さんが一筋に信じ、また限りなく愛してやまなかった、日本共産党の創立五十周年記念の日が近づいている。せめてその日まででも、と思うと、あらたな無念さがわくのである。

挽歌

今生(こんじょう)の別れはせまる細き手を握ればこたえくるかすかな力

一滴、二滴、リンゲルはおち厳粛に渡辺順三の命きわまらんとする

云うべきことおしこらえつつ体温の去りゆく額またさすりいる

一筋に党により来しもののみのかく誇らかな静かな死顔

病みながら生きさしものを花の季も待ちがたく眼を閉じられしなり

2　追悼　八坂スミさんの業績

八坂スミさんが、年の瀬もおし迫った十二月二十一日の早朝、ついに九十五歳八ヵ月の生涯を閉じられた。私はその前夜、入院先の埼玉協同病院にお見舞いにいったが、すでに昏睡状態であった。ひどく冷たい風が吹く夜だった。病院を出て、駅までの夜道を歩きながら、私は、八坂さんとの別れが迫っていることを思わずにはいられなかった。

八坂さんが本格的に作歌をはじめたのは、七十歳代に入ってからで、当初は、渡辺順三が選者をしていた「赤旗」短歌欄への投稿であり、やがて新日本歌人協会の会員となった。第一歌集『野火』（一九六八年五月刊）は、七十六歳の時の出版であった。この歌集は、つぎの作品からもわかるように、文語定型であった。

気負い立つ烈しさは老いになけれども静かに燃え続けん野火のごとくも

八坂さんは、この歌集で文語定型を清算し、口語行分け短歌にうつった。八十六歳の時、第二歌集『新陳代謝』（一九七八年十一月刊）を、そして、九十四歳の時に、第十八回多喜二・百合子賞を受賞した八坂さんの第三歌集『わたしは生きる』（一九八五年十一月刊）が出版された。これは驚くべきことであった。長命の時代になったとはいえ、一般的には人生の歩みをにぶらせ、とどめようとする時期から、八坂さんは逆に、旺盛（おうせい）な作歌の道へと歩み出したのである。まさに、どう生きるかを最大課題とした歌人八坂スミの、鮮烈な実践の姿がそこにあった。

生きることが
反戦平和につながれば

わたしは生きる
　　這いずろうとも――。

八坂さんのこの代表作がよく示しているように、八坂短歌の特徴の第一は、口語行分け作品で、内容的にはわかり易く、しかも高い思想性をもったものであること、

渡辺順三葬儀の日の八坂スミ（1972年2月29日）

第二は、高齢にもかかわらず強い作歌意欲と創造精神に溢れていること、そして第三には、その作品が透明な明るさをもっていること、などである。

八坂さんの歌にこめられた現実批判は鋭く、その作品は、つねに社会に真向かっていた。正岡子規は病床六尺の世界に、客観写生の境地を創り出そうとした。八坂スミは生活保護をうけながら、高齢、病床孤独とたたかいつつ、広い現実世界に、鋭い目を放っていた。そして短歌を、現実逃避や、出口のない個人的詠嘆としてとらえるの

ではなく、共産党員としての誇りに満ちた闘いの場、生きる証の文学としてとらえ、党への確信に支えられながら、生涯を貫き通したのであった。八坂さんの作品に見られる、不思議なほどの澄んだ明るさの秘密も、やはり、この点にあったと私は考えている。

八坂さんが追慕してやまなかったその師渡辺順三は、かつて八坂短歌を評して、その高齢にもかかわらず、「精神的健康さ、つねに前向きの姿勢で真実を求めてやまぬ逞しさには、おそらく何人も脱帽せざるをえないであろう」（歌集『野火』序文）と書いたことがある。二十年前のこの言葉は、今も八坂スミその人と作品についての評価の核心をなしている。

石川啄木は詩論「食ふべき詩」において、「我々の要求する詩は、現在の日本に生活し、現在の日本語を用ひ、現在の日本を了解してゐるところの日本人に依って歌はれた詩でなければならぬ」（『石川啄木全集』第四巻・二一八頁）ことを強調した。生活派短歌がこの思想を受けつぎ、渡辺順三を先導者とするプロレタリア短歌運動が、さらに「食ふべき詩」の理論と実践を追求した。八坂さんの民主主義短歌運動での業績は、こうした啄木以来の短歌革新の系譜の上に、しっかりとすえられたものというべきであろう。啄木より五つ若かった八坂さんが、啄木生誕百周年の最後の月に他界されたことも一つの奇縁であろう。

九十五歳の生涯を充実し切って死んだ八坂スミの人と作品は、今後も多くの人々の胸に、どう生きるかを語りかけつつ、いつまでも生き続けていくにちがいない。

3　火群（ほむら）の道一筋に
岩間正男さんをしのぶ

岩間正男さんが、十一月一日、埼玉県みさと共立病院において逝去された。岩間さんはこの日、八十四歳の誕生日であった。

岩間さんは、いうまでもなく北原白秋門下の逸材であり、白秋晩年の愛弟子であった。白秋の深い信頼のもと、雑誌『多磨』の編集・選歌なども師にかわって担当した。

岩間さんは小学校四年生のとき、「こわごわとのぼるやさかの相山もきたりてみればさくらさきみつ」という歌をつくって、担任教師を驚かせたというから、幼くして豊かな歌人的資質をそなえていたといえよう。

しかし、本格的な歌人としての出発は、やはり成城学園事件（一九三三年）の渦中での北原白秋との出会いであろう。二人の子どもを在学させていた白秋は「成城学園を思ふ歌」百四十四首をつくって、学園の自由を守ってたたかう岩間さんたちの闘争を励ました。岩間さんの短歌への情熱は、白秋との出会いによって大きくもえ出したのである。岩間短歌は急速に、内容的な深みと表現の高さを獲得していった。歌集『若き感傷の日に』の次のような作品はそのことを示している。

樫の葉の白き葉裏に夕づく陽かがようを見つつすべなかりけり
ひとり来てこのさびしさや磯山にひかりふきあがる梅雨明けの雲

岩間さんの作品は、その初期短歌の時代からいくつかの特徴を鮮明に浮かびあがらせていた。それは、対象にたいする真率な向かいあいであり、「清稚(きよわか)きもの」への深い愛惜、さらに、きびしさの中のしなやかな情感などである。

岩間さんが、自ら主張した「たたかう短歌」の本領を発揮したのは、敗戦後の日本の教職員組合運動のリーダーとしてたたかっていた、歌集『炎群(ほむら)』の時代であろう。

江口渙文学碑の除幕式で岩間正男（左）と著者
（栃木県烏山愛宕神社、1978年４月）

闘争宣言手交し終えて炎群なす隊列
　の中にわれら入り行く
るつぼなすたぎりの中に身は置きて
　思い澄むとき白菊咲けり

戦後の「第二芸術論」が鋭く噴出した時期でもあった。桑原武夫が岩間作品も引き合いに出して「短歌の運命」について論じたが、右の作品などは欠落させての性急な批判であった。しかし、たたかう歌人の確信はゆるがなかった。歌集『炎群』は、初版（一九四七年）、再版（一九七四年）、新版（一九八五年）と三回出されており、それぞれ異同はあるが、『炎群』によせた岩間さんの思いがうかがえる。

歌集『風雪のなか』（一九七八年）は、戦後の作品約一千首の中から六百十七首を自選しており、岩間さんの国会二十七年の活動を含む、戦後三十年のたたかいの歴史でもあった。

一人ひとり思いこめつつ握る手の限りなければ血がにじみきぬ
銃眼に身をふさぐごとき思いもて過ぎしたたかいのとき長かりき

『風雪のなか』は、第十一回多喜二・百合子賞に輝いた。岩間さんは、議員退職後、新日本歌人協会の会員として、旺盛な作歌活動を展開されてきた。このすぐれた先達に頼ること多かった後進の一人として、岩間さんの逝去は口惜しい限りである。

挽歌

透明に秋はきわまる病室に病み果てられしなきがらと会う

一途なるたたかいも今は終えられて黄菊・白菊の中に顔埋めおり

盤若心経をひたぶるに隆太郎が唱えいて君は燃えにゆく鉄扉の彼方

人間の形は微塵に焼かれつくし白秋の子と拾い合うまっ白き骨

生涯を炎群（ほむら）となして遂げ給う一筋の道をわれもゆくべく

4　赤木健介さんを悼む

一九八九年十一月九日、赤木健介さんが亡くなった。十一月一日の日には岩間正男さんが亡くなっており、私は、身辺のどこかに大きな穴があいたような感じに包まれている。

今年の春ごろ、赤木さんが重篤だというので病院にお見舞いにいった時、苦しそうな息づかいだったが、「よく、こられたね」と一言いった。私の多忙を気にかけての言葉だった。病院の方から、大丈夫そうだと聞かされ、やや安堵し、近いうちにもう一度、と思いながら帰った。しかし、日教組運動の急速な右転落の状況の中で、くる日もくる日もそれとのたたかいに明けくれていて、赤木さんの最期にも会うことができず、無念であった。

赤木さんが亡くなって、あらためていろいろなことを思い出す。戦前の『短歌評論』時代、そして戦後の新日本歌人協会の創立から今日まで、赤木さんが、日本の短歌の民主的な発展のために力をつくしてきたことについては、いずれきちんと書かれることが必要であろう。しかし、いま私の思い起こしているのは、もっと個人的なことである。

在りし日の赤木健介

赤木さんが『新日本歌人』の編集をしていた頃のことである。今はさだかではないが、三十年以上は昔であったろう。新日本歌人協会の常幹会議の帰り、電車の中で、出来上がったばかりの雑誌をめくっていると、私の前に座っていた赤木さんが、「碓田君、君の名前は一字で短すぎるから、平仮名にしといたよ」と、いかにもいたずらっぽい、済まなそうな表情で言った。自分の作品のところをさがすと、それまでの「登」が「のぼる」に変えてあった。「余計なおせっかいを――」と私はその時、心の中で赤木さんをののしった。しかし、私はもう一度、村役場の戸籍簿にある「登」にかえることはしなかった。しばらくしてから私は、組合活動は漢字で、短歌や文学での仕事は平仮名でいこうと一応整理した。現在は、何でも平仮名で書くようになってしまって、赤木健介命名の「のぼる」の方が生まれつきの名前であるような感じである。

　赤木さんは、お茶ノ水の聖橋をわたった先にある春秋社に長く勤めていた。私の勤務場所は神保町にあったので、赤木さんの仕事の終わりそうな時間を見はからって、よく春秋社に出かけていった。戦争で焼け残った木造住宅の二階に赤木さんの机があった。赤木さんはまだ仕事の最中であったり、仕事が終わってポケット日記に顔をおしつけるようにして小さな字を書いていたり、という時が多かった。赤木さんの机の引き出しには、小型のウイスキー瓶がしのばせてあって、そんな時は、おおかた、瓶つきの小さなコップで、チビリチビリと、じつにうまそうにのんでいた。私は赤木さんがウイスキーを飲み終わるまで、空いた机で本など読みながら待ち、それから一緒に、ギシギシする階段をおり、聖橋をこえ、お茶ノ水でコーヒーをのんで別れるというのが、その頃のコースであった。

赤木さんが春秋社にいた頃、渡辺順三さんは春秋社から多くの著書を出版した。『民衆秀歌』（一九五八年九月）、翌年は塩田庄兵衛さんと共編で『秘録　大逆事件』（上・下）、そして一九六三年六月には、画期的な労作として評価されている『定本近代短歌史』上下二巻本が出版された。今ふり返ってみて、渡辺さんのこれらの仕事は、赤木さんなくしてはできなかったように思う。その意味で、赤木さんは渡辺さんに大きな力を発揮させただけでなく、生活も支えた名編集者であった。

死刑囚の草川たかし（本名吉川孝）との出会いも赤木さんが仲だちだった。春秋社の近くに、草川たかしの国選弁護人のＫ弁護士がいて、赤木さんに続いて私や森川平八が知り合いとなった。Ｋ氏から借りた資料で見た草川たかしの殺人事件は酸鼻をきわめたものであった。獄中の彼は生まれ変わったようになり、歌集『処刑待つ部屋』を残して刑死した。私はペンネームを考えてくれといわれ、彼の本名の「孝」を「たかし」とし、故郷の詩人の姓を借用してつなげた。それは、赤木さんに「のぼる」と長くのばされた古い「教訓」によるものだった。

5　佐々木妙二の死を悼む

一九九七年二月十四日の早暁、新日本歌人協会の代表幹事である佐々木妙二さんが亡くなった。九十三歳であった。

佐々木さんは、一九七〇年六月に直腸癌の手術をし、その後遺症とたたかっているさなか、八二年四月に今度は脳梗塞となり、ついに半身不随となった。この二重の障害にも屈せず、最後までたたかい生きた。脳梗塞後、半身不随の中で出した第七歌集『いのち』（一九八七年二月刊）の「あとがき」で、佐々木さんは、「癒えることのない癌障害、半身不随を執筆、気力で生きつづけている」と書いているが、この歌集を出版してからちょうど十年間を、佐々木さんは「あとがき」に書いたように生き続け、その生涯を閉じた。

二月十五日早朝、私は、佐々木さんとの別れのために、神奈川県の真鶴町にいそいだ。水野昌雄と露木公一と私以外はすべて近親者であった。佐々木さんの故郷は、小林多喜二と同じく秋田県であり、大館市で生家は神主である。そのため、神式による簡素な別れの儀式が行われた。神主は出雲大社小田原支所から二人来た。若い見習いのような神主は、ときどき所作を間違えたり、ノリトを読み違えたりしたが、マンションの一階の小さな集会場は静まり返っていた。

火葬場は、町内の少し山がかった所にあった。雨が降りだしそうな暗い日だったが、梅がところどころで咲いていた。都会の火葬場とくらべると、施設も古く、扱いも形式的だったので、私はいささか不安を覚えた。佐々木さんの死顔はおだやかで、鼻梁がきわだって高かった。台車にのせられた柩は、その頭部の方から炉の中に入れられていった。私はその時、「足の方からにしてくれればいいのに」と思った。一時間半ほどして、佐々木さんは真白な骨になって出てきた。大きな頭蓋はしばらく熱かった。

神道では死者の肉体は穢(けが)れたものとされる。その穢れをおとし、骨となった佐々木さんは、「佐々木重臣大人命（うしのみこと）」と名前をかえて、黄泉平坂（よもつひらさか）を降りていったか。私は古神道のことはわからないから、これ以上想像のしようがない。雨がこまかく降ってきていた。火葬場が背にした竹山の竹の葉は、葉鳴り一つたてず、森閑と静まり返っていた。

佐々木さんが脳梗塞で倒れた数日後、私は病院に見舞いにいった。佐々木さんは一人で寝ていた。右半身が不随となって、一人では起き上がれない。私は起き上がろうとする佐々木さんを助けて、ベッドの上に起こした。意志のままに動かない右手をかばい、思いが一つも言葉になって口から出ないことをもどかしそうにしながら、佐々木さんは声をあげて泣いた。私はその時のことを数首の歌に詠んだが、その中に「意志のままに今は動かぬ右の手

佐々木妙二第六歌集『いのち』（1987年2月刊）

をかばいつつ妙二は涙こぼしおり」の一首がある。

脳梗塞で半身不随となって、ほぼ一年後に、佐々木さんは第六歌集『生』を出したが、その中に、

ぐったりと　麻痺の片腕胸に抱く
いのちなきものの　重さか　これは。

社会復帰の一念はあれ　リハビリの
　麻痺の足に遠い
　この十歩の距離。

という作品がある。それを読むと、十五年前の四月、新宿の青梅街道ぞいに建った大学病院の一室での、佐々木さんの慟哭を思い出す。病院を出ての帰り、鳴子坂のゆるい下りをおりながら、一度に涙が出てきたのを思い出す。

私の愛蔵する佐々木さんの小さな歌集がある。タテ八・二チセン、ヨコ九・五チセンの豆歌集で、『自由律短歌　佐々木妙二集』、新日本歌人協会と、佐々木さんのペン字で三行の横書きに書かれたものである。袋とじで、右はしが絹糸でとじてある。一頁二首組みで、合計九十七首が収められている。第一部は、第二歌集『診療室』以後四十四首、第二部は「捨てかねて拾いあつめた歌」として五十三首がある。一九五二年四月の発行であるから、『診療室』から二年後、佐々木さんは四十九歳の働き盛りである。第一部巻頭は、

町医者の開業術など聞きにくる
この青年医師も
アプレゲールのたぐいか。

そしてこの豆歌集の最後には、啄木の「かなしきは小樽の町よ」の歌を前書のよう

にして、次の一首をおいている。

声あらき小樽の町と歎きたる
町よ　港よ　いまは
霧深きころ。

これらの歌のもつリズムには、やはり壮年期の佐々木さんの心組みがあらわれている。ところで、私のところには、佐々木さんのこの豆歌集の自筆原稿がそっくり残っている。二百字詰めの原稿用紙に一首ずつ、やや太めの万年筆で達者に書かれたものである。いつ、どうして私の手許にきたのか、今は一向に思い出せない。

佐々木さんの小樽高商時代の一年上に、小林多喜二がいたことは、よく知られている。生まれ故郷も近い距離であった二人は、高商時代にも、おそらく先輩、後輩としてつながる思いが濃かったのではないかと想像される。少なくも佐々木さんの方は、終生、多喜二への敬愛を持ち続けていたことはたしかである。

『民主文学』一九九二年一月号に発表した短歌「上級生・小林多喜二」十首を読むと、九十歳の佐々木さんには、多喜二を思う心が溢れている。この連作の最後は、

　多喜二に従いて通った小樽高商地獄坂も　港も　いまは霧深い頃

の歌であった。この歌の「港も」以下の表現は、あの豆歌集の最後の歌の後半の表現に共通する。佐々木さんは、自由律の作品で啄木を超えようとしたにちがいない。

そして、生きることについては、多喜二に最後まで従こうとしたにちがいない。

6　文人・山原健二郎さん

――剛直であり、繊細な感覚もった人

山原健二郎さんが、三月八日、八十三歳の生涯を終えられた。ガン宣告以来、一年有余の壮絶な闘病生活であった。

山原さん、と言葉に言えば、炎の人の印象とともに、人なつかしいやさしさに包まれる。十期連続当選の偉業を果たしたとき、勤評闘争以来、ともに日教組運動の中でたたかってきた仲間たちによる、ささやかな祝勝会を開いたことがある。そのおり、山原さんは、自らの選挙戦を「経帷子(きょうかたびら)を着て、血刀を振るうようなたたかいであった」と語った。その言葉は、今でも強い印象となっている。阿修羅のような山原さん

の姿を、ほうふつさせるものであった。次の句も十選の時である。

秋月や　満天の星　きらめきて

十年ほど前、私は山原さんの生まれ故郷である嶺北の本山町を訪れたことがある。嶺北とは本山町を含む吉野川沿いの地域を指すのである。吉野川の上流には、四百戸を湖底に沈めた早明浦(さめうら)ダムがある。

故郷は渕も瀬もなきダムなりき一つの石も忘れざりしに

「一つの石も忘れざりしに」という表現に、山原さんの深い望郷の思いと痛恨があった。

ふるさとの人なき家の老桜美しとききはせ帰り来ぬ
焦がれきて峠に立てば古里に花は吹雪きて心なごむも

山原さんの生家は、今は人手にわたっている。しかし、庭の桜の古木に花が満開だと聞けば、やもたてもたまらず見に帰るのである。山原さんは望郷の歌人であった。

山原さんは絵もよくした。その絵に流れるあたたかい色調は、おそらく生家の桜の花の色であろうと、私はひそかに思っている。

山原さんは剛直であると同時に、国会議員には並ぶもののない繊細な感覚をもった文人であった。荒ぶる政治活動の中で、山原さんの内面は、柔らかな人間性にあふれていた。

高知市にある山原健二郎の墓

山原さんは、命の最後に、こん身の力をしぼって、「友よ　さらば。あとは　たのむ」と言ったと聞かされた。

告別式は高知市の斎場であった。山原さんとともに、長い間さまざまの分野で志を結び合ってきた「友よ」と呼びかけられた多くの人々が集まった。惜別の思いは限りもない。山原さんが残した「あとは　たのむ」という言葉をしきりに思った。私はこれまで、山原さんに多くの場面で励まされてきた。これからは、自分で自分を励ましてたたかっていかねばならないと思った。

挽歌

こみあげるものに耐えつつ遠く来て清しき君の死顔に会う

生涯の炎も今はおさめられ柩（ひつぎ）の花に守られている

斎場を出れば花近きを土佐にしてこらえしものはとめどもあらず

初出誌一覧

Ⅰ

赤木健介と芥川龍之介、そしてレーニン　（『民主文学』二〇一八年四月号）

佐々木妙二と小林多喜二　（『新日本歌人』二〇一七年九月号）

岩間正男論―炎群（ほむら）の歌人の生涯　（『新日本歌人』二〇〇八年七月号）

八坂スミ論―高齢、生きることの重みを歌う　（書き下ろし）

革新的弁護士・歌人　矢代東村　（『治安維持法と現代』二〇一五年春季号）

回想の山原健二郎　（『新日本歌人』二〇一二年十二月号）

Ⅱ

初心の旗と展望―『人民短歌』以前と以後をからませて　（『人民短歌』創刊六十五年記念評論　『新日本歌人』二〇一〇年二月号）

あらたな飛躍のために―創立七〇周年に思うこと　（『新日本歌人』二〇一六年九月号）

インタビュー・『渡辺順三研究』をめぐって　（『新日本歌人』二〇〇八年一月号）

III

花が咲く春前にして渡辺順三さんをおくる　（「しんぶん赤旗」一九七二年二月二十八日付）

追悼　八坂スミさんの業績　（「しんぶん赤旗」日曜版一九八七年一月十八日付）

火群の道一筋に　岩間正男さんをしのぶ　（「しんぶん赤旗」一九八九年十一月十二日付）

赤木健介さんを悼む　（『民主文学』一九九〇年四月号）

佐々木妙二の死を悼む　（『民主文学』一九九七年五月号）

文人・山原健二郎さん―剛直であり、繊細な感覚もった人　（「しんぶん赤旗」二〇〇四年三月十四日付）

あとがき

本書収録の中心的な評論ⅠおよびⅡは、いずれもここ数年来に書いてきたもので、私の八十歳代をおおっている。どの一編も、私にとっては思い入れの深いものである。Ⅲ所収の幾編かは、これまでの私の著書の中に収められてきたが、Ⅰ・Ⅱを眺めながら、どうしてもⅢをつけないと、起承転結がおさまらないと感じてこの章を編んだ。単純な「追悼」とせず、「追悼譜」としたのは、そんな私の心動きである。

私は、今年二月に九十歳をこした。昔から「年には勝てない」という俚諺(りげん)があるが、妙に生なましい感じで私をとらえてきている。それは、人間の意識と肉体との、逆らいがたき乖離(かいり)の現実を指しているのではないか、と思っている。

三十年以上も昔、私は、日教組運動の中にいた。一九八〇年一月の社公合意以降、日本の労働運動は右傾化し、その方向であらたなナショナルセンターの結成が策動されていった。日教組も反共的なナショナルセンターへの方向に変質しようとしていた。この動きに抵抗し、民主的なナショナルセンターをめざす動きが強まる中で、その潮流の機関誌として月刊誌『ほんりゅう』が創刊され、私はその編集にたずさわっていた。

前置きが長くなったが、その頃の話である。

雑誌のエッセイ欄で、詩人の伊藤信吉さんに何かを書いてもらうことになり、そのような手紙を伊藤信吉さんに出した。幾日かたってことわりの電話があった。「おいそがしいですか?」と私は聞いた。伊藤信吉さんは思わないことを言った。「アタマが悪くなって書けないから——」というわけである。私は、冗談かと思ったから、「ご冗談を——」と反論したところ、伊藤信吉さんは、電話の向こうで、「ホントーですよ!」と憤然とした口調で言った。いまだにその時のことが忘れられない。伊藤信吉さんが亡くなったのは、それから何年後だったか、記憶はない。

伊藤信吉さんの言葉は、いまなら、私にも切実に理解できる。伊藤信吉さんは、精神の動きとは別に、生体としての人間のバイタル・サインは、自然の法則の中で、動いていて、人間の意識や決意では勝てない、「年には勝てない」という俚諺を思い出しながら、そのもどかしさの表現が「アタマが悪くなって書けない」という嘆きとなったものであったろうか、と思われるからである。

遠まわりの話になった。本書は、伊藤信吉さん流にいえば、「頭が悪くなって」という寸前の時期に書いたものであるところからも、私には思い入れがあるのである。

今年の四月に、影書房から私の『団結すれば勝つと啄木はいう―石川啄木の生涯と思想』が出版された。書き下ろしである。昨年五月の東京啄木祭以降、私は、これが最後の著書かも知れないと思いながら、半年以上、ひたすらに書き続けた。伊藤信吉さんの顔がひっきりなしに思い浮かんだ。したがって、時系列的にいえば、本書のほうが先の時代に位置する。

本書が、新日本歌人協会の歴史や伝統について、よくは知らなかった人びとにとって、何がしかの理解を深める縁（よすが）となれば、これにこした喜びはない。

本書出版にあたって、いつものように、光陽出版社の皆さん、谷井和枝さんに、大変お世話になった。心からお礼を申しあげたい。

二〇一八年四月二十日

我孫子にて

碓田のぼる

碓田のぼる（うすだ　のぼる）

1928年、長野県に生まれる。
現在、新日本歌人協会全国幹事。民主主義文学会会員。日本文芸家協会会員。国際啄木学会会員。
主な歌集『夜明けまえ』『列の中』『花どき』（第10回多喜二・百合子賞受賞）（長谷川書房）『世紀の旗』『激動期』（青磁社）『日本の党』（萌文社）『展望』（あゆみ出版）『母のうた』『状況のうた』『指呼の世紀』（飯塚書店）『花昏からず』（長谷川書房）『風の輝き』『信濃』『星の陣』『桜花断章』『妻のうた』『歴史』（光陽出版社）
主な著書『私学の歴史』（新日本出版社）『国民のための私学づくり』（民衆社）『よみがえる学園』『教師集団創造』『現代教育運動の課題』（旬報社）『現代の短歌』（新日本出版社）『石川啄木』（東邦出版社）『「明星」における進歩の思想』『手錠あり―評伝 渡辺順三』（青磁社）『啄木の歌―その生と死』（洋々社）『石川啄木と「大逆事件」』（新日本出版社）『ふたりの啄木』（旬報社）『石川啄木―光を追う旅』『夕ちどり―忘れられた美貌の歌人・石上露子』（ルック）『石川啄木の新世界』『坂道のアルト』『石川啄木と石上露子―その同時代性と位相』（光陽出版社）『時代を撃つ』『占領軍検閲と戦後短歌』（かもがわ出版）『歌を愛するすべての人へ―短歌創作教室』（飯塚書店）『石川啄木―その社会主義への道』『渡辺順三研究』『遥かなる信濃』（かもがわ出版）『かく歌い来て―「露草」の時代』『石川啄木―風景と言葉』『一途の道―渡辺順三　歌と人生　戦前編・戦後編』『渡辺順三の評論活動―その一考察』『書簡つれづれ―回想の歌人たち』『「冬の時代」の光芒―夭折の社会主義歌人・田島梅子』（光陽出版社）『団結すれば勝つ、と啄木はいう―石川啄木の生涯と思想』（影書房）

火を継ぐもの　回想の歌人たち

2018年 7月 1日

著　者　碓田のぼる
発行者　明石康徳
発行所　光陽出版社
〒162-0818　東京都新宿区築地町8番地
電話　03-3268-7899　Fax　03-3235-0710
印刷所　株式会社光陽メディア

ISBN 978-4-87662-613-7 C0095